縱使沒有歲月靜好
還是相信 我們值得更好

Adelaide

enlighten & fish 亮光文化

I

一

等閒之處，光與影之追尋……

從來人生，總有著淚與累之痛；然而是否這樣，總念天地之悠悠，獨愴然而涕下？

不，大地之上，日月之前，我獨愛夕陽，也總追念心中所愛……

從來，天地沒有負我，我總享受其中；

人也沒有負我，因為愛我的，我會更愛他；不愛我的，我願輕輕放下；

從來，生來我就寶貴；從來，我就值得更好……

II

一

早了起來，原來發現，人世間總有一抹悠閒；

在得失中思量，人生如何可以好好過日子；

心存感恩，因為曾經，我甚麼都不是……

「莫等閒，白了少年頭，空悲切……」我卻說，等閒在成人世界中，卻是自在，卻是柔情，更是好心情的起端……

人若不等閒，就見不到身旁的美；

人若不等閒，就觸不及身旁的情；

人若不等閒，就聽不到自己心內最重要的一份默然與無聲；其實，那才是真正的自己……

願透過中國古典詩文中的瑰寶，一些心理學說的解讀，我願能尋回自己，亦能尋回生命中，最美好的真我，以及最美麗的你……

等閒光影的流逝與追尋，是因著放下和捨棄；從來得著的，不只是一抹虛榮……

在無人駕馭的空間中，願你成為，我的一位讀者……

contents

| Part 2 |
冰山下的情緒

得失中思量

Part 1

憶起

在失去與還未失去之間，在遺忘與不想遺忘之間，所有希望、盼望，好像都再沒有了；或許我發現，我就是選擇，仍然去愛，不想去忘記⋯⋯

歲月流逝，人生總在不斷的變易；生命中很多不同的步伐，有時候，一些不著痕跡的改變，一直悄然在進行中；大家曾許下的心願，原來一方早已改變離去，大家以後，就如此的再沒關係；大家以後，也不會再見⋯⋯

無聲無息，人與人之間的聯繫，就是如此默默地，被遺忘了⋯⋯

近幾年，我越來越愛開快車，因為在快速的流逝中，無人得見我的眼淚⋯⋯

然而生命敲響的鐘提醒了我，愛上你，然後又失去你，或許，這是人生中的必然；從來人可以掌控的事並不多，明天可以是晴天，也可以是雨天；明天，可以甚麼都不是；生命中，本來就沒有必然的晴天，更沒有一定的下雨；任何天色，只要我們還活著，其實，都沒有甚麼大不了⋯⋯

• • •

蘇軾在《定風波》中這樣說：「回首向來蕭瑟處，也無風雨也無晴⋯⋯」

• • •

是的，一切枷鎖、束縛、哀愁，都再沒有了；算了吧！執著又如何，其實可以活著就好；人生，還是應該不斷的前進⋯⋯

黑夜，可倚靠的，只有導航，這是漆黑中、迷失中、挑戰中的倚傍與可被抓緊的勇氣；有一天，當我認識了新人，將車開到彼岸，天亮了，就會是另一番新景象⋯⋯

從來陽光灑下的每一天，都應是如此無牽無掛，無顧無慮⋯⋯

我駕駛著，常常踏上快線，今天，終於可走上中慢線⋯⋯

跨過洋場的大埔吐露港公路，緬懷昔日浩瀚的情懷，從俯拾皆是的標記，忘卻了許多人生的片段……

轉入三號幹線，綠的更綠，翠的更醉人；獨個兒駕駛，有點苦悶，卻有種奔馳的自由；曾幾何時的影像，人生，就是如此劃了數十年……

突然驚覺，作為駕駛者，也有很多年日了，飛馳直奔的道路，多不勝數；朋友、摯愛，總要我去停一停，再想一想，說一聲珍重；人生，是否這樣，才能貼出一味味圓滿的句號？

不，應是問號！流離人世，下一站在哪裡？再下一站，又如何？

回首，從來未有定向；還是向前踏步，勇往直走吧！有風有雨又如何，只要常存盼望，是陰是晴，其實對我來說，都是好日子……

面具

痛苦，從來是來自沒有安全感，來自不能被愛……

愛與安全感這些外在價值，是處於深層心靈之處，組成內
心情緒的重要部分；如果人生命中沒有愛與安全感，我們
會活得很痛苦……

很多時候，人會有防衛機制，我們在面對不同人時，總會
戴上不同面具，讓人不會知道，自己正活在甚麼狀態中；
特別是不想讓人知道，我活在痛苦當中，免得對生活，有
任何影響和麻煩……

如此，痛苦是否就能被壓抑下來了？

很多人會覺得，戴著面具，人生會活得較正面，較光明，
較容易受人歡迎與讚賞；也會以為這樣，會不再有痛苦；
更會以為這樣，會慢慢釋懷；一切痛苦，會慢慢釋放；然

後，好像沒事一樣……

其實戴上面具以後，我真的可以自如地告訴自己，我心中已沒有不安了嗎？

戴上面具以後，我心中真的可以沒有忐忑嗎？

戴上面具以後，一切，我的生活真的都會過得好嗎？一切，都會沒事了嗎？

其實人心中的痛苦，在戴上面具以後，其實只是在壓抑心底中的痛；真正的痛苦，從來都沒有消失；人以為一直繼續前進著，就會再無心中的痛苦，這也只是自欺欺人罷了！

李白在《月下獨酌》中這樣說：「我歌月徘徊，我舞影零亂。醒時同交歡，醉後各分散……」

是的，李白在晚上一個人跳著舞，一個人在醉著，因為他知道，自己有著痛苦；他舞動身軀，與自己的影子觸碰；這是一個人的浪漫，這也是他自己一個人，知道自身寂寞與痛苦後，自我的排遣……

李白對自己的痛苦，是認知的……

而我呢？每到晚上，每當我的面具被撕破以後，每當我心靈靜下來以後，我的心，就在重新經歷所有痛苦……

我知道，一切失去，都讓我感到痛苦；我知道，付出愛以後，得不到回應，我會感到痛苦；我以為，可以繼續在心裡默默去愛著一個人，其他所有事，我可以不介意；但其實，我是介意的；每在晚上，我還是痛苦；一切表面的安好，都只是我假裝出來罷了！

我知道，我曾經真的深深愛過了你，這才是真的；失去你，我內心真的感到很痛很苦，這都是真的……

在夜空中，我承認，我還是，愛你……

其實，只要我能夠明白痛苦，認知痛苦，我才可以排遣痛苦……

我學著李白舞動身軀，喝著紅酒；我知道，痛苦有時是可以有限期的，但有時候也可以沒有；無論如何，我要知道自己有痛苦，這樣，我才可以真正了解，我的痛苦是仍然存在著，還是已經遠離了我……

我要知道，自己在等甚麼？我是在等一個人？我是在等下一個夢？還是我要再等其他？這樣，或許，我就可以減卻痛苦……

是的，不等了！我不再等不愛我的人了！人生短暫，時間有限，我不等不值得的人與事了！

李白在明白痛苦以後，似乎還在繼續痛苦；我卻希望，我在一夜獨自舞動以後，在明白痛苦以後，我能真正放下痛苦，尋求更好，不再沉溺於悲傷之中……

面具，並沒有脫下來，只是面具，卻已經再沒有了……

念緒

從來天色有陰有晴，月有圓有缺；從來人生也是如此，有聚有散，有離亦有合……

但為甚麼相聚，總是這麼困難？離別，卻又是這麼容易？

有時候，是因為人心的不珍惜；以為相聚了，就是永久；人從來不去努力，去經營彼此的關係；人從來不認真，去對待每一次的交往；人生走著走著，關係就再沒有了……

生老病死，聚合散離，似乎從來，都不能聽從人願……

從來一個人可以陪伴另一個人的時間，就只有那一瞬間……

今晚的月亮，特別的圓；明早，月亮就要退去了；不過不要緊，天一晚，月就重來……

但人卻不同，離去了的人，就只有離去；很多人連一聲道別都沒有，就不再回頭了⋯⋯

如此，我們惟有珍惜每一天，仍能相聚的日子，因為這的確是，我們曾經能夠感受彼此，能夠擁有彼此，能夠擁抱彼此的日子⋯⋯

或許曾經擁有，其實，已不留遺憾，因為思憶在心中，是可以永不磨滅的⋯⋯

● ● ●

蘇軾在《水調歌頭》中這樣說：「人有悲歡離合，月有陰晴圓缺，此事古難全⋯⋯」

● ● ●

是的，我願能緊握著我所愛的人的手，一直珍惜著；或許真有一天，我們分開了，但我還是會記著，大家曾在彼此身上留下過，一份暖暖的溫度⋯⋯

雖然我知道，曾經愛與相隨，淚與疼痛，都在心中，仍未過去；但一份美，一份愛的感動，卻會伴隨著我⋯⋯

忘記不快

或許活到今天，我只會參與一些讓我快樂的團體；或許人生走著越遠，我只會去愛一些愛著我的人……

如果有些人，如果有些團體，總是讓我不快樂，我為何還要強迫自己去繼續面對呢？然後，我又要找人傾訴自己心內不快，這樣，是否在不斷浪費我人生寶貴的時間呢？

我是傻的嗎？我還要去面對不喜歡的人與事嗎？人生時間已不多，心理健康尤是重要；愛我的人，我願更多去愛他；讓我難過的人與事，我還不選擇速速逃離，快快避開嗎？

人生沒有很長，亦不算短；活著，就要幸福和快樂；活著，就要笑著和舞著；活著，就要選擇與愛我的人走在一起……

從來，我就寶貴；從來，在愛我的人眼中，我就值得最好……

人生，沒有很多心力可以耗費；人生，時間已不夠用，我當然是選擇，在有限的人生中，與愛著我的人，繼續共舞，繼續飛揚……

在《那些年，我們一起追的女孩》這電影中，最令人難忘的是女主角沈佳宜，因為，她最後不能被男主角得到！

其實，許多人心裡都有一位沈佳宜，就是因為得不到，也沒有經歷人與人相處之間的磨擦與衝突，因此，感覺總是特別美麗！

願我不再去追惜那些年，我只想珍惜這些年……

錯過了的，就讓其錯過吧！今天，他在我心中，還算甚麼？得不到的人與事，到今天，只是心靈空隙的一根小刺吧！日子，不是靠幻象去增加印記，卻是靠真實的付出與經歷，一點一滴的建立親密關係……

為著今天，為著這些年，我所擁有的人與事感恩；對離開我的，放棄我的人，我會選擇忘記；從來人心中願意去忘記，是一份自己內心的選擇。

每人心底，都有著不能向人訴說的故事；每人心底，都有著不能對人明言的難處；有時，未必有機會可以與人分享；就算說了，對方也未必能夠明白，更未必能夠理解；有時，甚至會是誤解；所以有些時候，一些屬於自己失落的情緒，我還是選擇，收藏起來算了……

生活，偶爾會有些無力感，然而，我還是感恩，因為在每天活著中，我還是可以選擇，好好地愛自己；我還是可以選擇，自由地去愛著別人……

我可以去愛我家人，我有可回的家；我可以去愛我的朋友，總有一兩人，會很珍惜我；這些，其實都值感恩……

我盼望在這世上，還有更多明白我的人；同時，只要我張開雙手，抬起頭，在一呼一吸中，我就感受到生命的盼望，我就感受到生命的主，仍然在看顧著我，在愛著我；在未來，總有更好的人和事，在等待著我……

但前提就是，我要先去忘記；當我忘記所有不快事，我就可以繼續前進，並再次，抓緊生命中的幸福……

生命中有很多感受，其實都來自當中的一份安靜；原來在生命中，神總每天顧念著我；一隻小小蝴蝶，神也裝飾美麗，何況我如此寶貴？就是這樣，神塑造了獨特的我……

我有我思想，我有我專屬外貌，我有我獨特的經歷；最重要的，是在我心中，有與別人不同的情感；這份情感，隱藏於我心靈裡，我可以選擇表達，也可以選擇不去表達……

我表達的部分，你會知道，但我不表達的部分，我隱藏著的言語，你從來都不會知道；不過，神會知道……

我是刻意去隱藏自己的心事嗎？有時，的確是，因為有時，我也不知如何去表達自己的情緒；而又有時，我是不想讓自己的心事，給其他人知道……

在生命中，我發覺，不是甚麼話，都可以對別人說；有些話說了出來，會被人取笑；有些情感表達出來，也不會得到尊重；但我知道，真正能夠明白我的，還是我的神；當我躺在草地上，望著藍天白雲時，我還能夠得到一份被明白，以及被愛……

或許在世上，我尋覓著許多優質的外在條件，我尋覓著不斷暖暖的安全感，我尋覓著人完全的愛，但最後，我卻還是尋覓不了……

我又在世上尋覓錢財，最終，還是填補不了，我心靈裡的空隙……

或許最後，我還是選擇尋索，在靈謐的大自然中，一絲絲的恬靜、暖意與安慰；這些大自然美妙，都是免費，都是讓我用之不竭的……

● ● ●

在李涉《題鶴林寺僧舍》中道：「終日昏昏醉夢間，忽聞春盡強登山。因過竹院逢僧話，偷得浮生半日閒。」

● ● ●

是的，人生所要的，其實並不多，有時平和的情緒，淡然的心境，選擇忘記不快，選擇忘記痛苦的過去，選擇笑看人生，可能比執著於一些不能改變的人與事，還來得重要……

在微風中，我再次抬頭望天，我感到很舒暢、很快樂；我明白，人生所需要的，真的不多；我要的，只是一份被了解，被觸動，以及一份，永不止息的愛……

花落迷離

落葉翻飛,寒暑交替,大自然的威力無可取代;

風雲色變,花落迷離之際,又是人生許多不能言喻之時……

是否努力便有果效?是否彷徨就會無助?是否得力在乎平靜安穩?

去年,我心裡總有許多仇恨、怨毒、不安,總藏在心裡;人常說,新一年,一切都應忘記,但是,我開始忘記了,我應要忘記甚麼……

有時,往郊外走一轉,仍是茫然;香港郊外,平日很安靜,外間煩擾,與我無關;我相信,路是人走出來的,要走得理直氣壯,要走得有尊嚴,要走著快樂,有時,都要有點捨棄……

● ● ●

蘇軾在《記承天寺夜遊》中這樣說：「何夜無月？何處無竹柏？但少閒人如吾兩人者耳。」

● ● ●

是的，香港雖是一擠迫城市，然而如果刻意留心周圍綠意，香港還是綠蔭處處。每逢春天，香港不少街道，都燦開著木棉花和宮粉羊蹄甲；再走遠一點新界地區，街上更是綠意盎然；如走上半山，更感新綠景物之開闊。

每天傍晚，天轉顏色，這正是大自然恆常賜人最美的色彩；如果坐著小輪來往港九兩岸，更見海岸兩旁燈影的獨特，海水就變成不同的藍。

其實不用假日刻意上山，只要每天在身旁觀察發掘，已有大量可喜大自然美物。香港何處無綠？何夜無藍？只是忙碌的步伐，令我們少了留心細看當中的美與靜麗了。

從來閒適與自在，就是珍惜每一天，已經能夠獲得的……

或許幸福，就是在不知名的地方流浪，然後發現，自己其實很小，但這世界，卻很大……

我願棲息於湛藍的隱密處，享受大自然，讀物與琴鍵帶來的慰藉與觸動；從今天起，有主同在，恩典常存，其他的怨，還值一記嗎？

道愛，道謝

人世間，最刻骨銘心的愛，不能不說，就是屬於與父母的愛；但從來，人不是很容易地去訴說出，對親人的愛；很多時，我們都沒有將對父母的愛宣之於口，以至人生，總留下很多的遺憾；當父母生命到了盡頭時，還是沒有機會，將愛道出……

從來道愛，道謝，道歉，道別，都要做得及時；愛，從來都需要，儘早道出來……

● ● ●

李煜在《浪淘沙》中這樣說：「流水落花春去也，天上人間。」

● ● ●

是的，天上與人間，從來有著阻隔……

很多時候，我們對父母，在他們離開以後，就只餘一些追憶與思念；在我們有生之年，總沒有好好把握機會，與他們和睦相處，好好度過美麗的日子；當父母年老之時，或許他們最期待的，就只是與我們聚首一堂，吃一頓晚餐而已⋯⋯

很多時，人生在世，卻各散東西；父母盼著的那一頓飯，可能就此，都盼不到了⋯⋯

不要等至父母在天上，我們在人間的時候，我們才去道愛；生命中湧流出無盡的愛，其實在每一刻鐘，就如此匆匆而過，定當珍惜⋯⋯

在父母晚年，與父母的每一頓飯，都要想著，這是最後一餐；如此，我們吃著吃著，對他們，就會有更多珍視⋯⋯

假如有一天，再沒有機會與父母吃飯，我們的心，也沒有遺憾了，因為我們曾經是如此的，珍惜和善待過他們⋯⋯

有時候，有些情感，不要等到天上人間之隔，才去明白⋯⋯

父母對我們的愛，從來在我們還未出生時，就已給了我們；在我們還未懂得愛時，父母就大大愛著和保護我們了；他們對我們每一刻的重視，每一份的珍惜，每一寸的付出，都是將他們最流麗的年華和青春，給了我們，然後，他們就流至天上，只餘我們，活在人間⋯⋯

或許仍有餘下在地上的，就是他們曾經給予我們，一份永不止息的愛⋯⋯

尊重自己心靈

曾經有朋友這樣對我說:「Adelaide,工作,從來都是很艱難的;你失去工作,不用害怕;在檢討改善過後,你就可以再次站起來了……」

是的,我很感謝他的鼓勵;我也知道,他完全是出於善意;不過在聽後,我亦默然不語;我也再沒有甚麼話,可以回應他了……

活到今天,其實我還不知道,工作是很艱難的嗎?錯,其實一定是在我身上嗎?

又有一位朋友這樣對我說:「Adelaide,你一向都是很堅強的人,能夠迫使你辭職,你一定經歷了很大的難處……」

我望著這位認識經年的好友，眼淚，不禁簌簌而下……

我知道，我內心的痛楚，終於得到被明白；我心中的傷痛，也被撫平一半了……

是的，他明白我為何會失去工作；他也明白，我內心的痛楚……

有時候，請不用告訴我應怎樣去做，其實我自己會是知道的；有時候，也請不用鼓勵我甚麼，我只是想，靜靜地去舔著自己的傷口，靜靜地去療傷罷了！

其實，只要你能夠明白，我生命中受傷的原因，就足夠了……

●●●

聖經《箴言》17 章 22 節這樣說：「喜樂的心乃是良藥，憂傷的靈使骨枯乾。」

●●●

不要妄下批評！也請不要胡亂去推論，我生命中痛楚的緣由，因為，這對受傷的我來說，其實是在我傷口上，重新再劃上傷痕……

其實有時候，有些人，總讓我精神枯萎，心靈受傷；而有些人，總讓我更多明白自己，更多理解自己，並讓我在心靈中，湧流更多的愛與喜樂……

然後我就明白，這世上，有光明的天使；但同樣有著，假裝光明的使者……

所以，要相信自己的感覺；讓我快樂的人，讓我親近神的人，為我好處著想的人，讓我正面朝向陽光的人，這些，都是我生命中的良友，都是我生命中的屬靈導師；我要與他們，時常親近……

有些人，總讓我不斷難堪自責，總讓我不斷落淚；這些人表面說會幫助我，實際卻是假裝光明的天使；這些人，我一定要遠離……

有些受傷的感覺，我不是不去理會，就可以沒有難過；在每次再接觸某些人與事中，我仍然是會感到痛苦；所以，惟有徹底離開讓我痛苦的源頭，我才能得到重生……

在大自然的寧靜中，我知道，尊重自己心靈的感受，是何等重要……

我相信，與那些讓我勇敢往前行，與那些讓我快樂的朋友交往；然後，斷絕那些有毒的關係，那麼我的人生，就會不再一樣；快樂，也不止多百倍……

我會多到大自然走走；在大自然中，我總感受到神的安慰，這樣，我可以更多服侍人，生命更多充滿力量，讓身邊的人快樂……

曾經收拾舊照片，尋獲昔日受浸片段；二十多年過去，一切，都是恩典……

曾經我坐在小小的工作室中，發現我的工作室很小，但外面的世界卻很大；無人可掌握自己未來，或順或逆，一切，我都交在神手中；如此，我信，生命可以不再一樣……

生命中，或者，許多事都不曾想過，卻會發生；或者，許多關係在日子的消磨中，更見真實；或者，許多事都應記載在喜樂的音符下，因為，從來活著的每一天，都是如此美好；活著的每一天，總有我意想不到的人與事，在等待著我……

放手就有所得

在聖經中，埃及王子摩西，曾經不聽神吩咐，沒有吩咐磐石出水，而是用手杖，擊打磐石出水，如此惹怒了神；然後神對他說：「你不可帶領以色列人進入迦南地。」摩西最後，被神召上高高的尼波山，並被神接去……

在這聖經故事裡，摩西看似得不著人生最重要的成就，就是不能帶領以色列人進入迦南美地，但我卻發覺，他得著了生命中最重要的事，就是與他最愛的神相遇；神又親自，接他上了天堂……

或許我相信，神的意念與藍圖，從來比我們任何人，都要清晰……

他知道摩西脾氣不太好，就算他帶領以色列人進入迦南地，也會承受很大壓力，更可能會不斷犯錯；在他年華老去時，神讓他眼睛沒有昏花，腳仍然很健壯，

以至他可以走上尼波山與神相遇，並與他最愛的神，永遠走在一起；這不是人生中，一份莫大的幸福嗎？

摩西更不用經歷病患，又不用經歷年老衰敗的折磨，這還不是人生，最大的祝福嗎？這還不是，神對他深深的厚愛嗎？

人生，究竟甚麼是失去？究竟甚麼又是得著？人生，究竟甚麼是幸福？究竟甚麼是不幸？其實從來，就沒有一個必然標準的答案與定論⋯⋯

在無盡生命的砥礪與磨練裡，我知道，雲後總有太陽；我總追求著，從不違心的願望；我知道，偶爾在生命中，會有黑暗，但我，總等待一直渴望的驕陽⋯⋯

人生中，可以相知的人從來不多；你能夠明白我，我也想與你走在一起，就是如此簡單罷了！

生命中，從來沒有必然的幸福，但卻時刻有著神的安慰，與不息的盼望⋯⋯

是的，有時候適當的放下，未嘗不是一件好事，我們不會知道，原來這一切，都是上天給予我們的厚愛，讓我們逃離了惡事，然後，給予我們更美好的將來⋯⋯

不要用今天的眼光去看放下與失去，因為明天，我們從來不會知道是如何；有時在經年以後回頭再看，才知道一切上天的安排，是為了預備我明天收成最豐碩的果效⋯⋯

人生沒有必然順利的日子，同樣，也沒有永遠的挫敗；每在挫敗中，我總仰望上帝，然後，我就獲得恩典；人生中，我感謝好友相助與扶持；生命中，我也在努力自我修復，然後，我還是可以再次站起來⋯⋯

人生就是會在不同時段跌倒，放下，起來，然後再跌倒，又再放下，又再起來⋯⋯

我知道，生命的樂章，有時是無法自由選擇，當中是樂歌，或是悲鳴，並不是可讓我自由掌控；但每當我再次站起來，生命，便會不再一樣……

● ● ●

孟子《告子下》這樣說：「故天將降大任於斯人也，必先苦其心志，勞其筋骨，餓其體膚，空乏其身，行拂亂其所為，所以動心忍性，曾益其所不能。」

● ● ●

人從來很容易會被外在不如意的人與事影響心情，但很多時候，總忽略了這些生命操練的內在價值，也忽略了這時候在身邊，其實仍有很多人在幫助我……

上天將重大使命落在每人身上時，也定會先磨練其意志，訓練其筋骨，並讓其忍飢挨餓，承受困苦，這樣，人才能真正明白失去，並且願意放下；其實最後會發覺，這些也不是甚麼大不了的事，但卻可以增強自身內在涵養，並開闊眼光，再勇往直前。

我告訴自己，每一天，我都要為一件事去感恩；每一天，我也要感謝一位曾經在我艱難時，幫助我的人；然後我會發現，這世界，還是如此美好……

很多時候，憂傷的情緒總纏繞著我；我只見到煩惱，我常只望到傷害我的人；我總忘記身邊，其實還有很多愛我的親人；我總忘記，還有很多一直幫助我的好友；我更忘記，每天在我身上，仍有很多未有感恩的事……

我要學習，每天感謝生命中的一件小事⋯⋯

雖然在工作上，我常有孤單；當其他人一起商討往那裡吃飯時，我卻常常只是一個人午飯，但我想著，我有工作，不是一位好友介紹我的嗎？我想著，我不是有健康的身體去應對嗎？在香港經濟不太好的時候，我還有工作，不是很值得感恩的事嗎？

生命從來沒有必然的幸福，但懂得感恩的日子，卻定會是一種快樂⋯⋯

人生最美好和最真誠的，不是在華麗與成功裡的喝彩，而是在滿佈淚眼無助時，在失去一切時，身邊仍有人在愛著我；其實，這不是一份莫大的得著嗎？

生命，總會有著重重困難，但在困難中，就能顯出當中的一份堅強；我也會知道，我還是如此寶貴，並被很多人愛著；然後，我更知道，當我超越和克服一切難關以後，我回頭再看，我已不再一樣；我會感謝上天，曾如此給我一切厚愛與獨特安排⋯⋯

離開

第一次被人傷害，我不離開，這叫原諒；第二次被人傷害，我還不離開，這叫愚蠢；惟有離開傷害我的人，才是生活的智慧……

有些人對我肆意傷害，其實只有兩原因：一是不夠聰明，二是存心傷害……

所謂不夠聰明，就是沒有顧及我的感受；簡單來說，是因為對我沒有關心，沒有明白，更沒有理解；其實，根本就是沒有愛……

若然你愛一個人，你會盡力去明白他，去理解他；總不會一而再，再而三地對其作出傷害……

對於傷害我的人，我還不離開，只會造成自己的精神困擾……

一次與友人傾訴時，我突然感到呼吸困難；有時靜下來，想起某些場景，又會傷心落淚；作為一位專業人士，我知道，自己身體響起警號了……

我知道，如果有人不顧我感受，狠狠傷害我，我會看看究竟值不值得原諒；有些原諒，一次起，兩次止。

我會跟著儘快離開傷害我的人，好去保護自己的情緒和精神健康；如果是一些認識不深，無關痛癢的人，根本不值我再投放寶貴時間，去作所謂的修補關係……

傷害我的人，根本就沒有愛我，我實在是知道的……

生命中很多傷害，並不容易被療癒；療傷，需用上很長時間，也會留下很多眼淚；所以，關係上的止損，是重要的……

●●●

范仲淹在《岳陽樓記》中這樣說：「是進亦憂，退亦憂。然則何時而樂耶？」

●●●

范仲淹很多時候會覺得，為國效力時會有憂慮，因為不被明白；但不能為國效力時，亦有憂傷，因為不能為人群服務；這樣，人生真不知甚麼時候，可以快樂起來……

我想，在人生中，很多時候，根本不需一定要前進，特別在人際關係上；反而離開與捨棄有毒的關係，我會更快樂……

生命中，其實甚麼時候都應該快樂，不應受旁人及世事所影響，因為，我就是活在當下，我就是要做回自己，何需理會別人的眼光和看法呢？如果進又憂傷，捨棄又憂傷，常常要別人快樂，自己才快樂，這樣，我的餘生，真的再沒有快樂了……

我想，惟有離開傷害我的人，離開憂傷的事，我才能快樂……

若失若忘

數十載忙碌生涯，失卻放下的，是許多大自然的靜謐靈氣；閱讀，是一種奢侈；慢活，從來需要付出代價；在舊都市中的綠洲，特別令我感動⋯⋯

突然遇上很多年前的大學同學群組，一些熟悉及模糊的身影，一些成熟而真實的面孔，勾起我許多記憶，難忘而不捨，究竟是我們成熟了，還是過去有點幼嫩？

夜，總是堆積了美；夜，總是在寂然中，讓我聽著自己細微的心聲；

夜，不著痕跡的，擺佈著我心靈的激動；夜，總是讓我如此的，想念著你；

夜，讓我在默然中流淚，但又不知可以如何，讓你知道⋯⋯

我這麼愛你，為何你要離開我？是否等到有一天，我不再愛你，你才會來尋找我？

● ● ●

李商隱在《登樂遊原》中這樣說：「夕陽無限好，只是近黃昏……」

● ● ●

是的，回憶，總是一種茫然；回憶，總帶著絲絲遺憾；回憶，總在若失若忘中，我發現，我還是，想念你；

回憶，讓我知道，當我想忘記你的時候，我卻更加痛恨我自己；因為，我知道，我還是如此的愛著了你；

回憶，亦讓我知道，在我生命中，總見著你的笑臉，總想起，你曾對我的真情……

有社會學研究，情誼如果能夠經過七年，就能渡過一生；很多人與人之間的情誼，因著人生階段的轉變，生命步伐的不同，彼此的需要改變，最後，就只餘一份漸行漸遠……

我檢視人生，我曾經愛著的人，能夠渡過七年的，真的不多；是的，我和你，都渡過七年了……

原先以為，我對你，只是一場喜歡，一切事完結以後，我們的關係，就會完結了；但後來我發現，我對你，卻是一份從心底裡的深愛……

是的，夕陽無限好，只是近黃昏；有時，在生命中的得與失，都不要緊了，因為日落以後，明天，還是會有日出的……

我的人生，未來總有愛我的人出現；謝謝你愛過了我，在我的回憶中，總有著你……

縱使沒有歲月靜好　還是相信我們值得更好 |

Part 2

冰山下的情緒

壞不下心去

自小安分守己，七年女子中學，常呆望外面天空，想壞，但不知怎樣變壞⋯⋯

最壞，要數做傳媒的日子；是嗎？真的壞嗎？我又比很多人好啊！做了老師，為人師表，不夠膽子壞，更要以身作則，更不敢行差踏錯⋯⋯

人生，沒有真正變壞的日子，只有點點想作壞的心；就是如此，人生跌在樽頸位時，可以作甚麼？作好人很難嗎？為何要變壞呢？

不知道呢！變壞了，可一切從心，不理世俗眼光，可以再次面對自己；變壞了，可以想想惡事，想著惡人應得的報應；變壞了，可以隨心去愛與不愛，不再造作⋯⋯

聖經中以色列大衛王做每件事，作每部署，都求問神；但三十歲，作了以色列王，妃妾無數，本相安無事；但他卻只壞了一次，狠狠殺人丈夫，搶人妻子，就國破家亡……

聖經看似遙遠的故事，但總時刻提醒著，讓我走到今天，壞不下心去……

●●●

曹操在《短歌行》中這樣說：「對酒當歌，人生幾何？譬如朝露，去日苦多。慨當以慷，憂思難忘。何以解憂，唯有杜康。」

●●●

是這樣嗎？人生短暫，憂慮繁多，曹操認為應多飲酒唱歌；人生，我就認為壞心腸真的不用，但有時懶散閒適，卻是一種美德，因為只有從容，生活才有情趣；人生沒有必要壞，但卻有必要懶和閒；也在必要時，有更多放手……

曾經重要的人，最終離開了我的生活，可惜嗎？其實，世上能煮一手好飯的飯煲，又豈止一個？真的要天天，借酒消愁嗎？

真正朋友，或許會在我面前，輕輕插上一刀，明刀明槍，為的是要告訴我，凡事都不要再執著，要放下了；要是你把我視作朋友，也請你告訴我世界真相，即使真相，是如斯殘酷……

抓緊生命的幸福

請不要再傷害自己，請不要再讓自己難過，我定要在生活中，讓自己快樂！我會遠離那些刻意侵犯我底線的人，也不會再和這些全心傷害我的人糾纏，因為，根本就不值得啊！

情淺言深，從來是一件危險的事；因為在溝通時，當大家對對方有著期望，以為會被了解，以為會被明白，怎知最後卻是莫大誤解，這份失望，會是很大的；所以，對交情淺的人，從來不要言深……

或許，與人交往，要選擇有質素的人；當我選擇合適的人去交往，我才能得到幫助……

人總希望得到別人的稱讚；人最害怕的，是別人口中的肆意批評；用心的稱讚，總能換來彼此的信任和更多交流；肆意的批評，從來不會帶來改進，只會換來更多的防衛與對抗……

其實一個人傷害另一個人，最大原因，是其心中對對方沒有愛；任何沒有愛的交往，都是虛空的；最後，只會造成彼此的傷害……

你愛一個人，在他身上，看甚麼都是美好的，都是值得稱讚的；當不愛一個人，你在他身上，看甚麼都不順眼……

人生時間有限，我只願將時間，放在願意幫助我，真正愛我的人身上；那些罔顧我感受，隨便批評我的人，那些我不斷解說，還是不能明白我的人，我要遠離他們，因為，我還想尋找，被了解與被明白的快樂和幸福……

很多時候，其實，我都不願將自己的心事與人分享，因為表達了，別人未必能夠明白；相反，卻有很多分析和建議，有時甚至，是許多的批評……

其實他們並不明白，我心底裡真正的需要和創傷；他們對我痛苦的不認同，成了我傷口的第二次傷害……

所以很多時候，有些話，我寧願選擇不去對人說，因為就算說了，也不會被明白，更會讓自己，落下更多的眼淚……

有時候，我關閉了自己的心，因為我不想再去面對，這些不會明白我的人；這些人無助我去克服軟弱，相反，卻令我更憂傷連連……

是的，每當我靜下來，看著大自然的美景，聽著小鳥的叫聲，我就發現了，自己內心真實的痛苦，然後我又想，我心底裡所存的軟弱，其實，又有甚麼問題？

接著，我安撫自己的內心；這心，是屬於我最珍惜的自己，這人，也就是最真實寶貴的我……

慢慢的，我的眼淚止住了；慢慢的，我見到這世界，比我想像中更美麗……

我發現，只要接納自己的軟弱，只要抓緊這世界的美好，不要再聆聽這世上別人的雜音，多做自己歡喜的事，過著自己歡喜的生活，愛著我喜歡的人，就足夠了；如此，我就會快樂了；其他人的意見和聲音，與我何干？

感謝好友們，在我心靈幽暗時，為我送上一朵氣球太陽花打氣；它特別的豐盈，特別的燦爛；太陽花，總自然的朝向太陽，朝向光明，這是一種創造的神奇……

● ● ●

聖經《約翰福音》8 章 12 節說：「耶穌又對眾人說：我是世界的光，跟從我的，就不在黑暗裡走，必要得著生命的光。」

● ● ●

能夠追隨光，是多麼幸福；能夠和明白自己的友人傾談，又是多麼快樂；他們總能說出我的心事，他們總能了解我的需要和感受；他們總能讓我再次肯定自己，更多活出生命的光彩……

在我艱難悲傷時，能尋到一位明白我的良友，實在獲益良多；他讓我內心，總有著一份勇敢，讓我在生命中，繼續尋找真誠與善良……

現今社會，或許勇敢只是一種冒險，讓自己處在危險境地；現今社會，真誠表達，可能又會被人認為不顧及別人感受；至於善良，現今社會，更會讓自己容易蒙受欺騙，承受傷痕……

但是，我還是這樣堅持著我內心的真實性情，因為這些生命的特質，都是屬於我最獨特的自己……

在有限的生命中，有人能夠明白自己，是多麼快樂的一件事；人浮於世，能夠找到一位了解我的人，實在幸福，我盡當珍惜……

能夠與知己並行，我的生命，便不再一樣；我的眼光，可以放得更遠；我會活得更好，更快樂……

一些惡意批評我，總讓我難受的人，我要遠離，我要止損……

人生短暫，當去愛，愛我及明白我的人，然後，我才能更多發揮，自己專屬的優點和長處……

你今天幸福嗎？你能找到明白你的人嗎？嘗試吧，會有的；找到了，就珍惜和抓緊；不明白你的，就棄他而去吧！

人生在世，就當懷著感恩的心，勇敢前行！

你今天幸福嗎？你能找到明白你的人嗎？

嘗試吧，會有的；

找到了，就珍惜和找緊；

不明白你的，

就棄他而去吧！

潛藏的愛

在心理學說中，有一冰山概念，就是人的意識及真實行為，是浮在海上，像一座冰山；然而冰山的其他部分，都沉於海中；這比喻著，人其實有很多未知的潛意識，是藏於人深層的心底裡；這份潛意識，有時，連自己也不知道，連自己也不會明白⋯⋯

薩提爾的冰山理論，用比喻說明人類行為的內在與外在歷程，其實並不一致；

人外在行為，就像我們在水面見到的冰山；在水平面下，卻藏有更多個人情緒、觀點、期待、渴望及自我深層需要，很多時候，都不會被我們自己看見⋯⋯

在現實中，在冰山表層的意識中，我會努力工作，我想表現優秀，我想好好生活，我會找喜歡的吃和用；但當一個人靜下來的時候，當我看到一些影片，聽到一些歌曲，讀著一些文字，見到一些圖畫時，在我心中，就會有著無盡

感觸，有時，甚至會默默下淚；這是藝術和文字的力量，讓人的潛意識跑了出來，讓人能夠更多明白自己，更多了解自己心底裡，即是冰山底下的所想所求⋯⋯

我會知道，自己真正掛念著誰；我會知道，自己又在愛著了誰；我更會知道，我為甚麼會愛著他，因為他是如此的獨一無二；我會知道，我為甚麼會想起他，就是因著一份不捨的愛；我更會知道，我為甚麼會流淚，因為我擔心著他的安好，我總擔心著有一天，我會失去了他⋯⋯

我心底裡又會知道，我最後想得著的是甚麼，就是能與他走在一起；我又會知曉，我最想達成甚麼人生願望，就是能夠與他一起尋覓，一份難得的光景；我會知道，我心底現在的哀傷是甚麼；我又知道，甚麼事，甚麼工作，能夠讓我快樂⋯⋯

今天，你愛著誰呢？人的潛意識，看似摸不清，但如果你願意親自撫摸內心，其實很多事，你自己會知道⋯⋯

崔護在《題都城南莊》中這樣說：「去年今日此門中，人面桃花相映紅。人面不知何處去？桃花依舊笑春風。」

從來每一份深刻的情感，人總想深深抓緊；去年的快樂，人總不想只存於去年，總希望還能存於今日，更能存於未來。

情感最大的失落，從來就因愛只發生於曾經，沒有今天，更沒有未來……

從來景色依舊，大自然的力量總是生生不息；花開花謝又再開，然而人的離去，卻不會再回來。

當望著最美桃花，卻只見自己孤獨身影，我想像到詩人那份悲從中來；究竟所愛的人，曾經的情分，曾經的承諾，今天何處去了？人生中的動情，是否最後只餘一聲嘆息？

埋藏於冰山下的情緒，被最美含笑的桃花，引動出來，真是欲哭無淚……

是的，人面已去，但桃花依舊美麗；人生中，幾多人表面笑著、歡樂著，但心中卻充滿淚水；從來，人很難真正明白，另一個人心中的底蘊，因為心的接觸，實在是很困難的一件事……

表面上，人面與桃花一樣紅潤；從來人的心事，不易被看出。難道我在工作時，可以不停落淚？難道我在人面前，可以不斷哭泣？眼淚，往往收藏起來，不許流下；失去愛，在表面看來，我好像一點事都沒有……

或許惟有在大自然景物之中，人埋藏於冰山下的情緒，才能被牽引出來；這就是因景觸情；景物是重要之事，沒有景，或許就沒有被自己明白的情……

我也希望，我對你這份愛，不只一直潛藏在我心中，卻能在真實的意識中顯現出來；這樣我相信，我會更快樂，我們彼此，都會更快樂……

你願意，與我一起，將這份單純的愛，放在冰山的面層上嗎？人只有將情感放在冰山以上，才能更多明白自己心底裡，對愛的真正渴求和需要。

畫中默想

最近參與一個透過畫中默想，去認識自己的輔導工作坊，
發覺在當中，能明白自己更多⋯⋯

原來在我生命中，總有一些幽暗；原來在我心中，總有一
些傷痕；我總想走向光明，然而卻總走不到⋯⋯

在導師引導下，畫下的第一、二幅畫作；當中我的路徑滿
佈黑暗，心靈也滿佈暗淡，還滴著血；因為我曾經失去，
因為我曾經不被明白，因為曾經不被了解，因為曾經總被
人誣害；人世間，總是如此⋯⋯

畫著畫著，我聽到一段經文：「神將日用的飲食，都賜給
我們了⋯⋯」

原來每天清晨，由一杯手沖咖啡，到午餐的豐盈，到晚飯
的一碗暖湯，這些，都讓我滿足和快樂，都讓我感受光
明⋯⋯

然後導師發現，在我第三幅畫作中，黑暗似乎遠離了我；生命中的飲食美味，當中與人進餐傾談，與家人一起吃喝快樂後，原來有質素的交流與美食，可以讓人遠離黑暗，步向光明……

同樣，我也很希望能夠擁抱著親愛的你；在當中，我也總常存盼望，並無黑暗……

或許人生需要的並不太多，只是一些簡單飲食，與人分享；人生真正需要的，只是一份被明白，被了解，以及愛與被愛……

當我的心情被畫下來後，我會發現，自己心路歷程的轉變，這也是我沒有想過的事；我明白自己更多，更了解自己的需要……

●●●

王維在《竹里館》中說：「獨坐幽篁裡，彈琴復長嘯。深林人不知，明月來相照。」

●●●

是的，古人在大自然中，在琴棋書畫中，總得到寧靜舒適；今天，我也能在默想繪畫中，重新認識自己；這都是如出一轍，透過藝術去安靜自己，去明白自己，都是如此一脈相承……

在安靜中，我總能感受自己的所念、所感和所想，這是生命中的一大幸福；也感謝主！賜給我日用飲食，也賜給我，愛與被愛的力量與快樂……

創傷是有後遺症的

創傷，是有後遺症的……

每在不同學校代課完畢，各校長們都會向我親自致謝；然而每一次，當有書記找我去見校長時，我的心，都在顫抖著；我心中，總有著一陣又一陣的驚恐……

很多年了……

總有人刻意針對我，無論大小事情，都是我的錯，並且總是肆意地謾罵著；那時候，我發覺我的精神健康，開始逐漸下降；我想著，生命總比金錢重要，所以我選擇，暫時放下工作……

就這樣，我讓自己，慢慢走上康復之路；但想不到經過這麼多年，對於心底裡的一些陰影，我仍然是走不出來……

面前的校長很好，他親切地對我說：「這個月，實在感謝你的幫忙，學生們都很喜歡你，希望我們未來能夠再次合作……」

我聽著聽著，心中仍有恐懼；我聽著聽著，他有些說話，我好像聽不到……

原來曾經的心靈創傷，有時候，是連自己都不能明白；原來心底中的恐懼，有時候，連自己都不會知道……

直至一些事情發生，一些場景再出現，這份恐懼，這些陰影，又會再次浮現出來……

我望著面前這位善良的校長，我面帶笑容；但我心，卻在隱隱作痛……

創傷，是有後遺症的；就算面前有著多美好的事物，也不能完全修補我心底裡的傷痕……

那麼，究竟會在甚麼時候，我才可以走出舊有的傷痛？其實，我也不知道……

然而，我能夠將感受說出來，我內心好像舒服一點；我能夠坦誠的面對自己，我覺得心中，又輕鬆了一點……

感謝我的好友，一直以來，與我一起走過！也感謝神，在我艱難時期，總扶持著我……

李白在《將進酒》中這樣說：「君不見黃河之水天上來，奔流到海不復回。君不見高堂明鏡悲白髮，朝如青絲暮成雪。人生得意須盡歡，莫使金樽空對月。天生我材必有用，千金散盡還復來。」

從來我都深信，每人都與詩人一樣，有著的是才能，但人浮於事，人往往不容易被賞識，反之，有時更會被攻擊和責難。當隨便捨棄工作，可能是一場特大冒險；千金散盡以後，金錢真的可以再回來嗎？

然而我發現，人生最大的資產是健康，特別是精神健康。惟有我能擁有健康身心靈，我才可以發揮所長。如此，有時為著自己健康，放下一陣子工作又何妨？

詩人亦知道，人生短暫，軀體就是快速變化，頭上黑髮朝如青絲，暮已成雪；這雖是誇張說法，然而人生短促，在踏上中年或以後，就會發現那份時光快速飛逝，怎麼追都追不回來的無力感覺。

如此，我怎能不珍惜生命，去做讓自己快樂的事？我又怎能不把握光陰，去讓生命播下善良，做更多榮神益人之工？

要養活自己和家人的錢財，只要不閒懶，其實總會有的；有時，也無須過度擔心吧！

是的，人生總有數不盡的悲傷；是的，人生總有許多的失意；
更是的，是人生，總留有很多的傷痕；然而，讓它們都流走吧！
一切悲傷，都去忘記吧！

在我認識悲傷，明白自己心中的悲傷以後，反而，我就能夠忘
記悲傷，因為，我知道是甚麼事情困擾著我；在我認知事實以
後，反而，我卻更能夠忘記……

如此，古人的詩文，雖然好像充滿無助，然而最終，他們仍可
自癒，最後仍可繼續邁步向前……

有時，要向前走，並不容易；但有神和人陪伴著，就是一份安
穩與幸福。在大自然的旋律裡，在放開手尋著自我和生命幸福
之時，我信，曾經心靈中的傷痕，就能被療癒，以至於連我肉
身，也會更健康。

有時有捨，就會有得……

原諒與放下

在生命中，每人都有其底線；從來每人的底線，都不能被
侵犯；當人被侵犯了底線以後，彼此信任的關係，就會破
裂了；人與人之間的關係，就會再沒有了……

其實你會知道，對方的底線在哪裡嗎？有時，或許真是摸
不著；但有些人踐踏了我的底線，是出於有心，或是無意，
其實，我還是知道的；如果是無意的話，這個衝突可以解
決，大家可以復和，只要說清楚就可以了……

但如果對方是有心傷害我的話，我也是會知道的；我是會
知道，他根本在刻意侵犯我的底線；這個，就不再值得原
諒了；刻意侵犯我底線的人，我不會再和他交往下去……

聖經教導，要原諒別人七十個七次；其實簡單來說，是能
夠原諒別人，無限次……

有時我想，無限次的原諒，是否在給予對方機會，對我作出無限次的傷害呢？聖經這樣教導，是否會讓我，長期情緒低落呢？

其實我再細心思想，聖經教導無限次原諒，真正意思，是要我去學習放下；當我心放下怨恨，我就讓自己的傷痕，成為一份過去……

然而，你不停傷害我，我又真的可以不斷放下傷痛嗎？

我發現，無限次原諒，就是我不單要放下你，我還要離開你；這樣，我的心靈，才會變得正向；然後，在我心裡，才能繼續充滿善良……

我不會再糾纏在你的不好上，我也再想不起你曾給我的傷害……

每一天，都是新的；放下和離開，其實才是真正的原諒……

聖經的智慧是深刻的，當我的人生，不斷經歷前進時，我都在不斷學習與自我更生……

今天，你能放下心中的結嗎？你能放下一個持續讓你難過的人嗎？有些人傷害了我，他正在消遙快活著，而我卻在承受著受傷的苦，是不是很愚昧呢？所以為了我自己的精神健康，我不只要去原諒，我還要選擇放下及離去……

聖經《哈巴谷書》3章17-18節這樣說：「雖然無花果樹不發旺，葡萄樹不結果，橄欖樹也不效力，田地不出糧食，圈中絕了羊，棚內也沒有牛；然而，我要因耶和華歡欣，因救我的上帝喜樂。」

是的，當我甚麼都沒有時，再怎樣做也無補於事；其實，我還可以擁抱大自然，我還可以擁抱好友；當沒有人明白我時，神總能明白我……

有些傷害，糾纏我經年，或許是因為，我仍未掌握，聖經中放下的真諦……

人與人之間的關係，有時止損，其實都是很重要……

有些朋友，我發現，原來大家走著走著，彼此都改變了，根本並不適合繼續交往下去；繼續來往，也只會讓大家難堪；關係勉強下去，也只會讓大家有著爭吵；那倒不如，大家儘早結束彼此的關係！

有些人，總常常讓我落淚；有些人，總帶給我難堪和難過；這些人，亦常常不顧及我的感受，更總在挑動我的情緒；這些人，我已一再解說，他們就總是不能明白我……

或許，他們根本就不愛我，更不會珍惜我；這樣，我為何還要和這些人走在一起呢？止損，是人與人之間關係的一種藝術……

我要遠離這些人，然後，我就可以另尋一些優質的朋友……

有些朋友，總在鼓勵我；

有些朋友，總在患難中扶持著我；

有些朋友，總用笑臉迎著我；

有些朋友，總能明白我心裡的悲傷；

有些朋友，總願意在幽暗中陪伴著我……

世上總有些朋友，他們會理解我，又會如此愛我；我還是多將時間，放在這些值得的人身上吧！

值得的朋友，我當珍惜；我應更主動去尋找他們，聯絡他們，和他們更多溝通，並愛他們，讓彼此有更好的關係；不愛我的人，我就要遠離了……

這世上，人與人的關係，不要勉強；因為勉強，並無幸福；對不適合的人，我要適時離去；對適合的人，我卻要更多珍惜和擁抱……

人常常抱怨那些待自己不好的人，卻沒有將眼目，更多專注在愛我們的人身上；今天，讓我們努力，遠離那些常常傷害我們的人；卻要更多盡心盡力，愛著溫柔待我們的人……

原諒，有時候可能是困難的；但是，放下，可能會比較容易……

人生相聚總是難得

終於開始暑假了！今年暑假來得特別遲；但暑假不用上班，很是高興；雖然暑假沒有工資，因我只是代課，但都沒所謂了，我可以多些時間寫作⋯⋯

在上學最後一天，大家都開心拍照；多謝一位男生送我一張拍立得照片，給我留念。有讀者問，為何我要選擇作代課老師呢？代課，總是一場場相遇又別離，不是很傷感嗎？

其實，代課的確是相遇再別離，但我想，正職又何嘗不是？

某年謝師宴，我最後一次見到一位男生；他離開酒店前，走來問我：「Miss，可以繼續和你聯絡嗎？人生很難再尋找良師益友，可以帶我返教會嗎？」我感謝他的信任，我也很樂意成為他生命路上的同行者⋯⋯

不過，人生總是填滿很多的事；他是，我也是；數年來，我們都再沒有聯絡了；我想，或許他對我，都已經淡忘了……

那天在西鐵站，在人群中，突然一個男生跑來，他對我說：「Miss，很久沒見……」我很驚訝，原來是他！我說：「大家都戴著口罩，匆匆走著，你怎麼會見到我？」

他說：「你高高的，長頭髮，我在很遠處已經見到你了……」就這樣，我們站在鐵路站談了一小時；他告訴我，他剛自殺獲救……

在人來人往，人聲鼎沸的鐵路站，他說著他的故事；我一邊聽著，一步都不敢離開，因為我知道，這時候，沒有甚麼事，比聆聽重要……

情緒病，是需要透過藥物治療，是需要透過家人和朋友的支持，才能慢慢好轉；香港過去幾年，經歷社會運動、疫情、經濟不景等等，對成年人來說，都是沉重打擊，何況年輕人……

我很欣賞這位男生，他懂得尋求協助，懂得訴說，懂得向信任的人敞開心扉，說出心底話；從來，說出經歷和感受，都不是一件容易的事……

我約了他，下次在一間餐廳坐下，再慢慢談……

重逢從來不易，相遇與別離，總帶著緣分，但同時，也需要人的努力……

代課與正職教學，其實都是一場場相遇與離別，最重要的，是大家有沒有珍惜和願意經營當中的情份……

今天在你生命中，你感激與誰相遇？你又想與誰重逢？人生沒有必然的幸福，但懂得感恩，懂得尋求協助，生命，總會再次飛揚……

● ● ●

張若虛在《春江花月夜》中這樣說：「江畔何人初見月？江月何年初照人？人生代代無窮已，江月年年望相似。」

● ● ●

詩人提問，誰人於江畔初見月亮？而月亮又在何年，開始在江畔照亮別人？

我會想，大自然本是奇偉獨特，月亮從起初就有；人從來就能每天享受大自然的珍貴。然而，每人之人生，只能活一次，月亮卻能世世代代，在江邊照亮世人。

如此，在人生中，我能與某人相遇，實在是帶著深深的緣分。有時，基於現實，彼此可能是一場又一場的別離，但別離過後，我深信彼此總是有機會再遇。或許有時，曾經待在心中的痕跡與感動，是可以永遠不滅。

我想著，那些與我相遇又別離的學生，與我相遇再別離的人，
如果我曾為他們留下善良，我想，這還是生命中很美好的事。
正如江月的溫柔亮光，在人心中，總能永存。

如此，我看大自然的威力，總是無窮；宇宙運轉，總是生生不
息；然而人的生命，卻是短暫；人生中的相聚，總是難得；今
天我們能夠走在一起，實在值得感恩和惜福；過了今天，有時，
還不知能不能夠再聚；所以還願，且行且珍惜……

你懂得我的難過

在心理學說中，依戀（attachment）是一很重要元素；
人由出生開始，就對外倚靠著；出生時，就依靠著母親；
有研究指出，被母親多擁抱的嬰兒，在成長以後，會較有
安全感；在哭泣時被多擁抱的嬰兒，在成長以後，也懂得
更多愛人⋯⋯

或許愛與安全感，是人天生的一種心理元素和需要；在嬰
兒時期，就明顯地表達出來；不過在成長以後，愛的需要，
卻慢慢地，被壓抑下來⋯⋯

人在少時依靠父母以後，跟著就進校學習，依靠老師，依
靠同學和朋友；人在自己心中，讓愛與依戀，一步一步的
成長；人如果能在被寵愛的成長過程中，尋找到愛與安全
感，人的心靈，未來就更能懂得與別人互相倚靠，在與人
交往上，也更有安全感⋯⋯

從來愛和依戀，都是重要的，因為人惟有在愛與被愛中，
才能活得滿足和快樂⋯⋯

在聖經中，能夠彼此相愛的團體，叫作團契；而在人世間，真正能夠彼此切實相愛的團契，是難尋的……

●●●

聖經如此形容團契中的關係：「若一個肢體受苦，所有的肢體就一同受苦；若一個肢體得榮耀，所有的肢體就一同快樂……」

●●●

這深刻地表現了，人與人之間的真實相愛與互相依戀依靠；你的苦，我理解，我明白，我也同樣難過；你有成就，我快樂；你快樂，我會高興，我也絕不會嫉妒你；這種共情的關係，是一種動人的團契特質……

我曾經歷一件很難過的事，然而，卻沒有人能夠明白，亦沒有人能夠理解；我只有悄悄落淚，渡過很多失眠無助的晚上……

有一天，和一位朋友談著，他聽了我的遭遇，然後說：「你的遭遇，我聽後，感到很難過……」那一刻，我終於忍不住，大大的落淚了；因為，他懂得我的難過……

這就是一個肢體受傷，其他的肢體都受傷了……

人心，就是需要一份互相明白，互相共情，互相依戀，好療癒人生命中，一些深度的傷痕……

感恩今天，我能夠遇上明白自己的人，這是生命中，一件並不容易的事……

今天在你心裡，有受過傷害嗎？或許，你未必如我般，能遇到明白和理解自己的人；但總要相信，在這世上，最後，會有明白自己的人……

或者，我又常常會透過安靜，在忙碌中認識自己；或許我能夠認識自己，我就沒有那麼痛苦……

痛苦，從來是不可以壓抑的；人要懂得痛苦，承認痛苦，才能真正排除痛苦；

有一天，當我安靜的時候，當我明白了自己的痛苦以後，我就可以默默地，再次從痛苦中走出來……

感
受
幸
福

愛人，從來不是一件很容易的事；愛自己，卻反容易；神
對人的誡命，在聖經中，總綱只有兩道：「第一，是愛神；
第二，是愛人如己。」

其實，神會知道，人總是自利的；每一個人，都會深愛自
己；人往往會將其他人的利益，置在自己利益以下；所以，
愛自己，其實並不難；但要去愛人如愛自己，要去真實彼
此切實相愛，這課題，卻是很艱深的⋯⋯

若然你問我，我願意犧牲多一步，去愛我愛的人嗎？這個
肯定可以。

若然你問我，我願意犧牲多一些，去愛不愛我的人嗎？這
個，就有點難了。因為，去愛我愛的人，這是出於本性，
這是出於自願與甘心；去愛不愛我的人，這卻需要用上很
多的力氣⋯⋯

所以神的誡命，其實是很難守的；要去愛別人如同愛自己，一點也不容易⋯⋯

所以，我特別欣賞很多願意犧牲自己，去成就別人的人；我也特別欣賞一些無私，一生樂意為別人好處著想的人；這些人的德行，實在是難能可貴⋯⋯

在這世上，能夠做到真誠地彼此相愛，每人能夠愛人如同愛自己的話，我相信，人間，就再沒有紛爭與煩惱了⋯⋯

今天你問我，我愛你嗎？我當然愛。若你問我，如果你不愛我，我還愛你嗎？這就困難了，因為，這是人性⋯⋯

人是有私心的，人最愛的，就只有自己，和愛自己的人⋯⋯

所以，我感謝神的智慧！神對人的誡命，總綱只有兩道，就是愛神和愛人如己；這兩道誡命，看似簡單，卻是世上最難完成，但卻最具學習意義的事⋯⋯

放眼望去，在和諧與美好的大自然中，我願能認清方向，盡力愛神愛人；因為惟有這樣，我才能放下埋怨，好好活著；因為惟有這樣，我才不會計較太多，越活越快樂，並且不負此生⋯⋯

當然，有些人，有些團體，總讓我受傷；無論我用上甚麼方法，都無法改變；無論我用上幾多氣力，別人就是不喜歡我；其實，為何我不選擇離開他們呢？為何，我還要看他們臉色呢？為何，我不能夠聰明和灑脫一點呢？

一些人，一些團體並不適合自己，就離開吧！不要容讓自己的情緒，繼續往下沉；但如果傷害我的是家人，是工作上的夥伴，是學校裡的同學，那我可以怎麼辦呢？有些場境，有些團體，似乎還是離不開……

家人，與我們確實有密不可分的關係；如果傷害我的是家人，我不會選擇離開他們，但我會選擇，站遠一點；有時距離，會產生美；有時距離，可以減少彼此間的衝突；家人，總有著血脈親愛，我惟有努力去改善關係，才是上策；對家人，我不會心存惡念；我會嘗試去愛和學習放下；在適當保持距離後，儘量不去計較；我想，家人，我們還是盡力關愛……

至於工作夥伴，對於意見不合的人，就繼續做普通工作夥伴吧！工作以外的交往，可免則免；不適合的朋友，也真的繼續做普通朋友吧！人，還是應該選擇，和喜愛自己的人交往……

所以，一些不相干的朋友和社交圈子，如果持續讓我不快樂，長期不斷讓我情緒不穩定，我會儘快離開！惟有離開有毒的人與事，才是最終解決情緒困擾和難過的方法……

這世上，還有很多優質的人與事，讓我們去選擇；為何要將自己，放在錯誤的空間裡，困在沉溺的情緒中？為何要讓沒相干的人，一直在情感上傷害我們？

記著，對不相干的人，離開，其實一點難過都沒有；不離開的話，只是容讓他們的毒鈎，繼續糾纏著我們……

關係有不同的深淺度；愛越深，越著緊；淺層關係的，當有著傷害，就離開吧！

記著，請多與愛你的人交往，你必定會得著幸福……

從來愛人如己，都是一門很艱深的功課；適時離開或繼續留下，也需要很多智慧。或許我會認為，在沒有傷害自己，在沒有讓自己不快樂的情況下去愛人，是比較合乎人性，也能更顧及自身和其他人的需要。

•••

楊慎在《臨江仙》中這樣說：「滾滾長江東逝水，浪花淘盡英雄。是非成敗轉頭空。青山依舊在，幾度夕陽紅。白髮漁樵江渚上，慣看秋月春風。一壺濁酒喜相逢。古今多少事，都付笑談中。」

•••

詩人在江水、青山、夕陽、春風、秋月當中，就是感到一份安然；原來一切是非成敗，轉眼就過去，不停計較著，又如何？

如此，像在提醒著我，有時一些悲傷，一些執著，有些一直以為療癒不到的傷痕，或許，就要去忘記吧！為何我不望向面前不息的大自然美景？不去好好享受面前一壺濁酒，讓生命添上更多更大的滿足？

或許原來，人要滿足和快樂，其實都很簡單，只要有良辰美景，清風日落，便會是恩典處處。

其實無論你多成功，無論你多富有，無論你是英雄或漁夫，都一樣可以不歇地享受大自然的美物，都可以嚐著美酒。或許，在笑笑談談，在嬉嬉鬧鬧中，人生就輕然而過，日子若飛，伸手也來不及。

既然人生的日子可以選擇過得快樂而閒適，那麼，我為何要選擇埋怨、怒恨、悲傷和不樂地度過呢？

真的，人生短促，其實還有甚麼放不下呢？每一天，都是生活中的美景，無論清風，無論綠水，無論青山，無論夕陽，都讓人在聚合散離中感到陣陣溫暖；是非成敗，轉眼間，也是空轉一場；對愛我的人，或許不太執著，不要過高要求，一切人與人之間的關係，或許會來得比較容易；從來，與愛著的人一起就是幸福，只要願意處處為對方設想，愛他如愛我自己，我相信，最後快樂與滿足，還是容易得到……

其實，我還是可以容易感受到幸福的，只要我的心願意，是嗎？

請接納我的情緒

人生命中，常常有著不同情緒，有正面，有負面；最常見的兩種負面情緒，一是憤怒，二是悲傷……

在生命中，憤怒，我會有嗎？當然會有，但在憤怒以後，我會選擇平和……

聖經很有智慧，沒有叫我們不去憤怒，因為憤怒的表達，是人其中一種情緒……

聖經《雅各書》1 章 19 節如此說：「你們要快快的聽，慢慢的說，慢慢的動怒……」

不表達憤怒，只是壓抑心中的真實情緒，最後，只會造成心理和生理毛病；所以對侵犯我的人，我會選擇以憤怒去面對⋯⋯

不過聖經《以弗所書》4 章 26 節又如此教導：「生氣卻不要犯罪，不可含怒到日落⋯⋯」

是的，這不一定是一天結束前就要放下憤怒的意思，不應如此簡單量化；聖經其實是說，心中的憤怒，要有一個限期；限期過後，我總希望我的心，能夠恢復平靜；這樣，才是最好的心靈平和法則⋯⋯

是的，只要我生氣，但卻不過火，不去犯罪，慢慢地平和下去，我就會認清，這世界誰人待我好，誰人待我差⋯⋯

這世上，有些公義，需要伸張；有些人，我需要去忘記；有些事，縱使我繼續憤恨，也於事無補，我不如就此放下；當我這樣想著，我就可以心平氣和地，繼續好好生活⋯⋯

我只要望向那些愛我、關懷我的人，又讓我再次發現，在我生命中，身邊還是充滿天使；這樣，我的生命，還是可擺脫侵害我的人，更多倚靠，愛著我的人⋯⋯

憤怒的情緒，讓我更認清自己，讓我更認清身邊的狀態……

今天，你還有憤恨嗎？仍有怒氣嗎？如果還有，現在就繼續憤怒著；然後，慢慢看著黃昏的景緻，就放開吧！

至於悲傷，人其實，有幾多假裝的快樂？人其實，又有幾多真實的悲傷？人生，又有幾多，不為別人所知道的痛苦……

或者許多時，失落過，痛苦過，才能明白當中的傷痛，有多難受……

以為安全快樂的時候，轉眼間，卻受盡指責；我還是被抹殺了所有的功勞和付出，然後狠狠的，被人丟棄……

我深知，外表的快樂，許多時都是強加的，因為，我總不想面對自己，我也不想面對現實；我更不想，面對讓我失去快樂的人，然後我嘗試欺騙自己說：「我還活得很好，我很快樂……」

我也試過一個人，獨個兒地哭，哭了再哭，並沒有人能夠明白當中的痛……

或者有不開心的時候，就訴說出來吧！將我心裡的話，都說出來吧！不要再壓抑了！總有人能夠體會的，總有人能夠明白和幫忙的，我並不孤單！

對身邊的人，我願多關心一點，多問候一句；對身邊的事，我也願多體諒一點……

活在世上，總要面對艱難；或許要的，就是多一點點的互相扶
持；或許要的，只是多一點點的被明白和被了解；請接納我一
切的感受和情緒！

等閒的心影與追尋

淡然

有時候，一些節日，某些氣氛，好像很熱鬧⋯⋯

曾經在生命中，一些重大節慶，總與一班朋友走在一起，
吵吵鬧鬧；好像這樣，才有過節的氣氛和意義⋯⋯

今天回想，曾經的不同節日，我是和哪些朋友度過，現在，
我都記不起來了；我只知道，人生走著走著，仍在我生命
中的人，才值得我去珍惜；今天仍在我身旁的人，我才會
動情去愛⋯⋯

過去的日子，只是一串錄影，可能要播放著，我才能記起；
今天的事，才是最真實；因為今天，我就是活著，我就在
感受著一切⋯⋯

過去的，都不用再追了；

我只想擁抱今天，盼望將來；

我只想凝視今天，仍然是愛我的人的笑臉；

我只想盼著未來，彼此會有更美好的日子……

每一天，都是難得的寶貴；每一份安逸的心境，都是神所賜予的福分……

今天的生活，就是最真實；今天的愛，才能被掌握；細碎的平凡，才是生命中，最莫大的幸福；這些包含真實而含蓄的美麗，讓我能夠感知愛，讓我能夠每天都好好過日子……

很多人會為假日安排眾多節目，預約很多朋友；然而，假日中的一抹閒適，一杯暖茶，一件餅食，一本好書，已能體味生命中，每一個細碎的步伐，已能滿足於心靈裡，一份淡然而充實的渴求……

- ● ● ●

王維在《鳥鳴澗》中這樣說：「人閒桂花落，夜靜春山空。月出驚山鳥，時鳴春澗中。」

● ● ● -

是的，生命從來就是一份閒適與自在；生命，從來就是一種在靜思中的恬靜與慢活；我願與大自然共感，我願與所愛的人共情；惟活在大自然的閒適中，我才可以如此盡興……

生活的快樂，不一定要充滿節日儀式感，能夠與愛著的人結連在一起，粗茶簡餐，其實，就是世上最大的幸福了……

低
物
慾
生
活

香港有七百多萬人口，只活在一個小城市裡，其實生活很
擠擁；不似台灣、馬來西亞等地，可有很多地方四處走
動⋯⋯

不過在家中，我還是可以找到一些小幸福，就是面前紅橙
黃綠色調的水果⋯⋯

起初神造人，就是先賜水果給我們作食物；有科學家發現，
人類長長的腸道，最適合消化水果和蔬菜；常見的水果，
原來色調，是如此調協，是這麼完美；水果不用放雪櫃，
也天然防腐⋯⋯

我看著這一切，感到天地間的奇幻，一切都值感恩⋯⋯

農曆新年，是一個幸福的日子；農曆新年，又稱春節，是
萬物經歷寒冬以後，慢慢復甦的神奇開始；雖然我是留家，
沒有外遊，但我也感到，春天的色彩⋯⋯

生命中的絢麗，總籠罩著我；從來怡然自樂，就是從一份，慢慢咀嚼生命幸福的開始⋯⋯

在疫情下，在沒有很多收入的日子，或者我學懂，過著低物慾的生活⋯⋯

很多人以為，低物慾生活，就是吃家中的簡單食物，就是家中甚麼都沒有；或者我覺得，低物慾，不一定是低質素生活⋯⋯

疫情下，少了外出，我就將自己的家，打造成一間小小的 cafe⋯⋯

一個麥皮花生醬多士早餐，配即磨咖啡，港元十元，台幣四十也不用；一頓自家燒雞餐，又是一份美味⋯⋯

加上家中，大量好書，任我閱讀⋯⋯

或者我要學習，低物慾而高質素的生活，將時間和人生，歸還給自己；人生雖未盡如意，但卻因此，能發現當中一點一滴，曾被遺忘的美感與愛⋯⋯

我也發覺，人與人之間的群聚，有時其實是虛的；真實人與人相交，最好是兩三人的對話⋯⋯

- - - ● ● ●

張璨在《手書單幅》中這樣道：「琴棋書畫詩酒花，當年件件不離它；而今七事都變更，柴米油鹽醬醋茶。」

● ● ● - - -

這詩好像道出，生活中的一些理想，變成平凡了；但我卻覺得，其實這也是一種幸福；對生活感恩，能夠重視和專注於柴米油鹽醬醋茶，其實很不錯啊！這份慢活與恬靜，可去哪裡找呢？

或者生活不太容易，但在不太容易裡，讓我也找到這種轉瞬即逝，但卻實質的美麗……

在香港能做到工作與生活平衡（work life balance）並不易，感恩我就是較清心寡欲，較愛綠色食物（green diet）；每份五至十元新鮮蔬菜，可互相配搭。今晚忌廉椰菜花、番薯什菜煲、栗子南瓜黃豆湯，就已非常美味可口了……

———————————————————————— ● ● ●

清文學家紀曉嵐撰過一副聯書：「事能知足心常泰，人到無求品自高」。

● ● ● ————————————————————————

是的，人到無求，心自高……

84

人間天堂

和兩位在泰國清邁生活的人談起，越明白這裡的人，為何如此快樂……

文職者每天準時八時上班，五時下班；自由工作者、小販等，賺取足夠生活費就好，絕不強求。這裡犯罪率極低，無偷竊；信奉佛教者多，亦無貪念……

不同民族有不同特性，泰北人就是和平、恬靜、知足常樂、不好爭競。而香港人呢？剛好相反。我常反思，究竟誰的幸福感更大？我每天營營役役，究竟所為何事？

其實甚麼是貧？甚麼是富？五千萬人口的泰國，北面有山，南面有水，天然資源豐富，街上無叫賣聲，路上無響號聲，一碟炒飯用心烹調半小時，郵局也要好好裝飾一番……

在七百多萬人口的香港，呼吸都感到困難，工作以後就是工作，我們真的很富有嗎？

袁宏道在《滿井遊記》中這樣說:「凡曝沙之鳥,呷浪之鱗,悠然自得,毛羽鱗鬣之間皆有喜氣。始知郊田之外未始無春,而城居者未之知也。」

是的,香港居住環境太擠迫,城市化的生活,有時讓人連春天來到也不知道;香港也太多競爭,想活慢一點都不能,人不自覺地很不開心;有時可能,需要徹底換個環境,我才能快樂。

另一次,我一個人走在馬來西亞檳城,重溫兒時的茶室、教堂、舊建築⋯⋯

原來工作了很多年,獨個兒在異地蹓躂時,覺得香港的生活,真的忙得太累;惟盼這份悠閑,可以延長;這裡,一切的步伐,都很慢⋯⋯

朋友問,幾時回香港啊?其實我想答:「不想回⋯⋯」

這裡租住香港的劏房價錢,可以租上整間屋;在商場吃半自助餐,所費無幾。大家慢活慢吃,無人搶,無人吵⋯⋯

常常幻想自己去了泰國等地長居,離開煩囂,過著簡單而平靜的生活⋯⋯

其實人間天堂,有啊⋯⋯

世上最溫柔的禮待

從來，生活都不是一件容易的事；但是，人與人之間的互助和彼此相愛，卻總成為，生活中的一份最大動力……

昨晚讀了一篇關於台灣貧窮大學生的故事；他在缺錢的日子，在台灣任吃白飯和湯的小店，每天只吃一餐；店主刻意給他，加添餸菜……

長大後，他想向店主表達感恩的時候，原來店主，已經離世了……

這故事，讓我感動落淚，也為台灣濃濃的人情味感恩……

今天，我在香港吃了美味午餐，是香港特色廈門炒米加凍檸茶；分量極多，足夠讓飢餓的我吃到飽……

其實這份簡餐，還有例湯送贈的……

我準備吃時，迎面來了一位中年工人，因工作關係，弄污了衣衫；但老闆很好，即時告訴他，有足料例湯，可自行用大碗盛載享用……

我見他隨即歡歡喜喜的，盛了好一大碗湯；湯裡還有許多紅蘿蔔和豬骨材料等；我見著他開心地喝著……

老闆可沒叫我盛，可能知道我會吃不下……

看著老闆對人的美意，善待眾人的親切，真正地尊重著每一個人，為著勞苦大眾，餐廳提供了價廉味美足料的膳食，我實在心存敬意……

疫情下，失業率仍然高企，很多行業都艱難；一碗免費足料老火湯，足以慰藉幾多人心……

世上最溫柔的禮待，就是用真誠的心，去平等對待每一個人，特別是社會上，不被看得起的人；其實他們，是我們社會的重要基石……

香港人和台灣人，都心善而美；我見到，金錢，不需賺盡的美景……

快樂，從來就是因為讓別人幸福而獲得，這種快樂，我相信，比賺取很多金錢，更為寶貴、愉快和富足……

● ● ●

**杜甫在《春夜喜雨》中這樣道：「好雨知時節，當春乃發生。
隨風潛入夜，潤物細無聲。」**

● ● ●

是的，雨水總是在春天萬物發芽成長時，靜靜地滋養著大地；
這份無聲無息，實在用上了造物者幾多心思意念；如此在冬天
一切寂然之後，萬物又再次充滿生機。

人心或許都是如此，幾多人在社會上默默耕耘，一片善心，在
看不到的一角，默然地幫助著有需要的人。很多時這份幫助，
就如此讓人不經意，為的，就是要維護人的尊嚴。

這種真誠的幫助，像春雨般，不只給了大地水分，其實是給了
人新的希望。

的確，生命中，一切滋潤萬物之事，都是如此仔細無聲，然而，
卻又厚厚的滋養著人們的心靈；從來一份份無私的愛，總讓我
們城市，滿載著，感恩與溫情……

藍花楹

六月盛放的藍花楹，緊隨紅紅的鳳凰木；紫色的溫柔，抹掉之前紅色的火辣……

紫藍色總有一種獨特吸引力，如漩渦般的激情，又有山下迷濛的淒美……

每年踏進六月，總有很多人問我前路；因為作為老師，大部分都在這日子簽新一年合約；我的答案，就是未有前路；雖然有點黯傷，但我心裡又暗喜，因為每一絲，都是關懷的眼神，每一聲，總是真心的問候……

過程，從來比結局重要！

有時人抓緊的，不是無比順暢的終點，反而是跌倒處的份份真情……

● ● ●

蘇軾在《前赤壁賦》中亦這樣說：「惟江上之清風，與山間之明月，耳得之而為聲，目遇之而成色。取之無禁，用之不竭。是造物者之無盡藏也，而吾與子之所共適。」

● ● ●

生命中，總有取之不竭的大自然美物，讓我們不斷享用，都是造物者賞賜給我們；其實，我們真的需要太緊張生活嗎？為何不能放輕腳步，慢活慢想，在短暫的生命中，活得有尊嚴，活得有光彩……

生活是如此繁忙，心靈常難以安靜；太多事務，太多訊息，太多煩擾；幾時可以真正放鬆，真正慢活，真正享受各種食材的天然味道？

原來我不經不覺，已工作很多年，幾時可以真正停下來，細味大自然的一切，躺著看海、看星、看月……

我憧憬可以快些隱居，每天與世無爭，安然居住，自給自足，與書為伴，與雲共舞，與神同行……

這裡不是台灣，我不可以經營民宿，那我又可以做甚麼？這裡是香港，出外走走只有快快快，我又如何去慢？這裡是香港，四處都是美食，我又如何去逃躲……

生活就是要方便，越方便就越快捷；越快捷，素求又越多；是否夢想與現實，總是割裂？

紅葉落後的元朗大棠，冷酷中帶著寬廣；獨自駕車，無人競爭，就是樂趣；我深知陶淵明歸隱的結局是餓死，但這不會是我……

神深明我會遭逢患難，一早已為我預備，所以我自己也大可放心；信心的功課就是等候，在大自然中靜思禱告，與神親近，怎會沒有好日子過？

我難過，只是片時；世界這麼大，只要心靈夠廣，居高臨下，放眼望去，仍然是一片平靜與安舒……

港式美味

我常在家中手調木瓜牛乳，基本上在家的日子，我也愛享受一頓自備午餐。

今日看了一篇報導，說台灣人最不喜歡旅遊的地方就是香港，實在令我大吃一驚！原來最大原因，是因為香港消費太昂貴；另外原因，是香港環境太擠迫，飯一吃完，就會被趕走，多坐一會兒都不可以……

是的，香港的確是一消費極高昂的城市；如不努力工作，不用心投資，基本上，是追不及物價與樓價的升幅……

一杯木瓜牛奶，如在香港果汁店售賣，要約 30 港元，約台幣 120；在台灣，應沒有這麼昂貴……

其實香港，也有很多價廉物美的地道美食，例如港式雲吞麵、牛雜麵、車仔麵；小吃如雞蛋仔、魚蛋燒賣、煎釀三寶、港式菠蘿包、叉燒包、蛋撻；港式茶餐廳的沙爹牛肉

麵套餐，大大碗的酸辣雲南米線，港式炒粉麵飯；全部都極美味，也不太昂貴⋯⋯

香港很多小店的手工製作，亦實在價廉物美⋯⋯

因為香港人很愛台灣食品，所以台式食物在香港，售價反而特別高昂。一碗台式牛肉麵，起碼要台幣 200 以上，一杯珍珠奶茶，也要台幣 100 以上。

早前到灣仔一間台式餐廳，一個台式滷肉飯或台式湯麵套餐，也要台幣 300 以上。所以有機會莅臨香港，一定要吃港式食物，你就會發現，香港還有很多寶藏⋯⋯

至於用餐時間，香港實在地少人多，而且租金高昂；所以通常在繁忙時段，用餐時間只有一小時；就算晚餐，有些都只有約個半小時。

不過不是所有餐廳都如是，如果是旅遊的話，可儘量避開繁忙的午餐時間，避開市中心的餐廳；其實大部分香港食肆，都可以很安舒愉快地用餐的。

不過在家，我仍然可以發掘很多生命的喜樂，以及生命中的平安；在心裡享受著，一份泰然與安舒；有時在家烹調食物，有時在外飽嚐一餐；其實，也是生命日常的幸福⋯⋯

• • •

王守仁在《龍潭夜坐》中這樣道:「何處花香入夜清?石林茅屋隔溪聲。幽人月出每孤往,棲鳥山空時一鳴。草露不辭芒屨濕,松風偏與葛衣輕。臨流欲寫猗蘭意,江北江南無限情。」

• • •

詩人在潭邊夜坐,感受大自然一切的美物與空靈;花香處處,溪聲清脆,月鳥相映,甚是寫意;如此,詩人感受了人世間的無限有情,人生,總不失盼望。

夜坐於大自然,這是生命中,安靜面對自己的最佳方法;只有靜夜,只有大自然,才有這許威力,讓人從失落中得著力量。

人在大自然中放空自己以後,總會感到人生,其實有幾多事不能放下?人生許多時,只要能逃離物慾,就算是一半成功了。

在消費高昂的香港,其實處處可以找到平價美食;在無盡的大自然中,更能處處找到取之不竭的舒暢。

人生很多時要的,其實並不多;我們能掌握的,還不是一屋一床,一壺一碟;有時候,真正需要的事,其實很少;最美麗的大自然,從來都不用金錢;只要懂得安靜,就能好好享受⋯⋯

古人總在閒適中找到安穩,今人又如何呢?

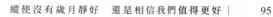

今天，我們總面對很多先進科技，但卻常常被困住了；我們總不能在最簡單的大自然中，感受閒適；如果有一天，當安靜下來，相信就能夠感受到，生命中的價值與甜蜜，人生，便會不再一樣……

一天當就夠了
一天的難處，

剛看了一套電影《靈魂急轉彎》Soul……

當中男主角，不停追求音樂上的成就；他的人生目標，是要成為一位出色爵士樂手；其他任何事，對他來說，都並不重要。

他認為人生中最高成就，就是能在矚目的公開演出中，得到別人的肯定……

他在一次盛大演出後，終於達成心願；但同時在他心裡，卻感到一切所獲，原來也不外如是；他感受不到成功以後，有任何特別快樂……

他突然體會，原來生命中最重要的，就是活著的每一天；在一場意外後，他更發現，生命中的每一刻，才是最寶貴。

見到黃葉墜落，他能掌握手中這一片黃葉，才是最真實；原來，他吃上每一口薄餅，他每一次付出愛，在他生命中與親人每一場相遇，就是生命中最珍貴的事，也是每天最值得追求的幸福。

當他走到生命盡頭，他才發現，原來生命中的恩典，就是如此簡單；原來生命的幸福，每天都包圍著他；但他卻窮上一生，去追尋一直自以為快樂的成就。

這套電影，讓我很感動……

原來人很多時，都忘記每天，其實我們都可以細數生活中的恩情；我們卻只將心思，放在一些難以達成的目標上。

或許生命中最重要的，就是在我活著時，珍惜我身邊的人；我願能好好的，去愛著他們……

從來，我不會要求我的寫作，要達成甚麼目標，我就是享受著，每天寫作中的快樂；我能夠將我的愛，讓我最愛的人知道，我就感到生命中，最微小但確切的愉悅……

其實在世間，我還需要擔心甚麼呢？在大自然中，從來就有取之不竭的生命氣息，以及生生不息的美好供應；只要能靜觀大自然旋律，定睛神偉大的創造，我就可以感到，一抹抹生命中，輕柔的安舒與快樂……

每早晨，我第一件會做的事，就是為我所愛的人禱告！我願神祝福我最愛的人，總能體會生命的美好，他總能在艱難中，抓緊愛與幸福！

這世界，從來就如此美妙；我每天見到的風景，能有多少？每天營營役役上班，我看見的世界，又是怎樣？我究竟有機會，抬頭看一看這美妙的世界嗎？

其實只要我抬頭望天，就會見到世態奇美；只要我抬頭望天，就會見到朵朵雲彩轉移；同時，我也會感到，生命氣息的不斷……

每人生命都不一樣；每當我抬頭，我還是有著盼望與喜樂，因為天和雲，就是如此美麗和獨特……

是的，我心裡常有憂慮，有時甚至有些悲傷；我頭腦上是知道，不應太多牽掛，但在我心裡，卻還是擔心著未來……

●●●

聖經《馬太福音》6 章 26 節這樣說：「你們看，天上的飛鳥不種也不收，神都養活牠們，何況你們這麼寶貴呢？」

●●●

當然，這並不代表，我不用為明天籌算及安排；聖經也教導人需用智慧，好好處理財富，不只將金錢，埋在土裡；神也讓約瑟作埃及宰相時，先儲糧七年，以應付往後七年的大饑荒……

所以，人生需要籌劃，但卻不應太多憂慮……

我望著藍藍的天空，我知道，神總會看顧我；神總會在未來，將最適合的人與事，都賜給我……

●●●

聖經《馬太福音》6 章 34 節這樣說：「不要為明天憂慮，因為明天自有明天的憂慮；一天的難處，一天當就夠了。」

●●●

的確，有時我是過慮了！生活不是只有工作，生活更不應只不斷追逐成就；生活，總應享受當中過程，並享受每天在地真實的日子，並放下心慮，讓每天的難處，在日落時就完結，這樣，生活才能幸福處處。

如此，當我放鬆心情，迎接每天最美的日與夜，並享受當中的閒適與恬靜時，我心，就能真正體會舒懷與快樂……

高低交錯

屯門公路出九龍，曲折起伏，快相處處！人生亦然，高低交錯，暗湧連連！最終人生成與敗，不看對手，只看自己。

神賜人家財豐富，亦只是過眼雲煙；你給我的惆悵落寞，也只一瞬存在；惟獨生命中出現值得感恩的人，仍然是生命最終的價值……

約瑟不是被賣，他不會去到埃及；約瑟不是下在獄中，又怎能遇上法老的酒政？人生一切，自有神安排，亦順亦逆，誰敢定斷？感謝許多與我相知同行的人，助我勇敢走完整條公路！

在香港，東離西其實有多遠？一小時的車程，在緩慢中，被加成一小時半；生命中有些留白，有些時候，只聽見音樂，卻聽不到歌曲的空間，可以放心思考，放任思維，將靈魂歸還自己；駕駛的個人空間，在毫無壓力下，心底還想繼續延放……

若問年少的我，人生最愉悅的，應是刺激、新奇、美麗的事；若問長大的我，最愉悅的感受，應是被愛與去愛，成功與滿足……

然而，在經歷人生許多情節以後，我發現，人生中最愉悅的，應是一種平淡、安穩；沒有大喜，亦無大悲；家人安好，朋友相和，四境平安，一切欣然。工時少，人工也不用太高；平淡就是福……

━━━━━━━━━━━━━━━━━━━━━━━━━━━━━━━ ●●●

李白在《把酒問月》中這樣說：「今人不見古時月，今月曾經照古人。古人今人若流水，共看明月皆如此。唯願當歌對酒時，月光長照金樽裏。」

●●● ━━━━━━━━━━━━━━━━━━━━━━━━━━━━━━━

很多時候，我們應該把握當下，掌握今天，因為我們活著，只有一次；歷史不斷前進，大自然也循環不息；人的生命，實是有限，所以我可以做的，就是好好活好我這生，以致今生無悔……

曾經縈繞在心底的，是我成長的地方，深水步……

從前讀大學時，六點起床往樓下賣麵包；放學後補習；晚飯後，再走到街尾補習；星期六、日，到街尾另一端的教會，繼續敬拜……

畢業了，沒有欠政府甚麼金錢，再努力工作很多年；我感恩能
積財寶在地，又積財寶在天⋯⋯

讓我成長及學習努力的地方，我沒有忘記；這地方就是貧窮，
但卻叫人去努力；香港社會雖充滿競爭，卻又充滿機會⋯⋯

我工作首十年，有八年都在進修；知識與努力，可以改變命運，
這是我所深信的⋯⋯

回望我的出身地深水埗，一切，我感到，都是恩典；是的，生
命在一呼一吸中，總是帶著恩典；世上一切苦楚，其實，都會
有盡頭；人生一切苦難，最終，都會過去⋯⋯

在恬靜的大自然旋律中，我悟知創造者的偉大；創造，就是一
份奇美；生命，就是一份喜樂與悲傷的循環與不息⋯⋯

等閒的心

香港真是一個高價生活的社會⋯⋯

近日牙痛,醫生發現我有三牙齒,因刷牙太用力而磨損,需要修補;補牙三顆,照 x-ray 加洗牙,合共二千多港元,折合台幣約一萬元⋯⋯

如果我排期政府診所,相信要等一至兩年;香港私家醫療非常昂貴,我每年做一次基本身體檢查,約需一千港元,還未計普通生病看私家醫生的診金⋯⋯

有時,我真的太羨慕台灣的健保卡;只要一卡在手,基本上可以獲取各專科、牙科、以及身體檢查等近乎免費的醫療服務⋯⋯

在香港,我們需要努力工作,因為生活總是殘酷和現實;貧病,從來是令人驚恐的一件事;不過,香港醫護人員,政府醫院的服務,是很高質素的,特別在疫情中,各人都謹守崗位,真的深深向他們表達敬意。

每處地方,都有值得欣賞和感恩的事;每個社會,或許都有可改善的地方;而在香港,寫文字是一件很艱難的事⋯⋯

大家知道香港書店的暢銷流行榜，通常是哪類書籍嗎？通常都是財經金融、旅遊、食譜等⋯⋯

而香港圖書館，借出率最高的，就是香港中學文憑試歷屆各科試題樣本；這裡就是香港，一切都是目標為本；人文科學和文學的位置，從來沒有很多⋯⋯

香港工時長，佔了我們人生大部分時間，生活成本亦非常高昂；工餘，就是去旅遊和投資；這確實，無可厚非⋯⋯

我在香港逛書店時，看著林林總總受歡迎的流行讀物，都用著口語，甚至充斥著色情與暴力，感情刻畫很少，文筆好的，更是鳳毛麟角⋯⋯

我望著這一堆堆流行讀物，就明白我的學生中文水平，為何總是每況愈下；在評改全港性文憑試作文時，很多作品，簡直不堪入目⋯⋯

香港語音是廣東話，用廣東話入文，的確有著一種親切感，讀的也讓人舒服；然而，或許是教授中文緣故，我總是接受不了這類寫作模式；在香港，文字帶著感情和好文筆的，並不多見；靜靜討論生活，發掘生命，更不常有；或者香港市場，亦無這個需求⋯⋯

反而在台灣，我見到很多這類優秀作品；台灣的文藝氣息，就是濃厚馥郁，這才會孕育一群優秀的讀者；台灣人的精神文明，的確優秀⋯⋯

我想，這也是因為香港高昂的生活費用，以及忙碌的工作，所引致的後遺症吧！

●●●

聖經《腓立比書》4章4節這樣說：「你們要靠主常常喜樂。我再說，你們要喜樂。」

●●●

如此我想，大地美好和諧，天地生生不息，一切，都是喜樂之泉，是創造主的美意；而最重要的，是人願意，去選擇享受其中……

假日，你寧願選擇在高價商場遊逛，還是選擇到郊外暢遊？

假日，你寧願屈坐家中上網，還是到大自然走走？

假日，你寧願只睡不醒，還是到山林海邊呼吸新鮮空氣，愉悅自己眼目？

香港乃高價生活社會，較欠缺精神文明生活；我惟有追求閒逸，放下忙碌，或許，我才能夠擁有快樂……

●●●

古詩十九首《青青陵上拍》就這樣說：「青青陵上柏，磊磊澗中石。人生天地間，忽如遠行客。斗酒相娛樂，聊厚不為薄。驅車策駑馬，遊戲宛與洛。」

●●●

人生在天地之間，無論活得如何多姿，如何多彩，最終，其實都只是過客一場；當見著陵墓上長著柏樹，人彷彿更會知道，人生存於世，日子長短，實不為自己所控。如此，與其用大量時間追逐名利，不如多用點時間，去享受薄酒駕馬，或許當中情趣，不輸豪華宴樂，不輸名貴馬車。

當人生盡頭來臨，能夠帶走的事與物，從來就沒有。反之，人留下財富，只給後人；如此，人生在世，或許第一，應多留自己一點享受；其二，也不用傾上所有心思追尋昂貴物質，應留自己更多閒逸空間，追求快樂，或許，這會是更對得起自己。

從來人生在世，就會是匆匆而過，並沒有很多可停留的日子；如此，今天我們所擁有的一切生命氣息，都盡當珍惜；要如何選取生活，要自己好好掌握，否則時光，就一去不復返。

我認為，亦張亦弛，會是一個不錯的生活境界；為生活，有時應當適度緊張；但為自己，卻又需要適度鬆弛；如此，生活才是平衡，以及有意義……

等閒的心其實不閒，因為，我在等著一份快樂；我不希望有一天忽然自己遠行走了，連後悔的時間也沒有……

今天，我就與自己所愛的人，享受天地間所賜的美好，喝上一杯咖啡，吃一頓美味，追念自心上好的清靜……

閒適的心不用再等了，今天就有了……

應當一無掛慮

在聖經《路加福音》記載這樣一個故事：有一個法利賽人，請耶穌到他家吃飯。那城裡有一個女人，是個罪人；她知道耶穌在那裡坐席，就拿著盛滿香膏的玉瓶，站在耶穌背後，挨著祂的腳哭；眼淚濕了耶穌的腳，她就用自己的頭髮擦乾；又用嘴，連連親耶穌的腳，並把香膏抹上。

請耶穌的法利賽人看見這事，心裡想：「這人若是先知，必知道摸祂的是誰，是個怎樣的女人，她乃是個罪人……」

從來，人很少去欣賞別人身上的好，人只會看見別人身上的罪；人對人，總有很多判斷，很多批評，很多看不順心的地方；惟獨耶穌，卻看見這女人的無助與溫柔；耶穌容許她，在祂面前抹香膏，並掉下她的眼淚……

是的，當人生走著走著的時候，我總遇上很多批評……

你在網上寫著甚麼呢？你的思想是否需要好好調教？你為何總有這麼多的憂愁？你在那裡跌倒，就在那裡爬起來吧！

人，往往總看著我身上的不足；惟獨每當我走到主跟前，我就知道，祂並沒有輕看我，祂更沒有，輕看我的眼淚；所以，我只管坦然無懼的，來到耶穌面前，讓祂明白，讓祂安慰……

從來我要的，不是被糾正，被提醒，我要的，只是一份被明白，被了解，以及被安慰罷了！然後，我就懂得自己料著傷口，慢慢的好起來了……

曾經讀到一本作品，寫道人生若能活到八十歲，就約有四千多星期；當中述說，人應當珍惜生命，珍惜時間，並珍惜愛……

我讀著，卻有一種哀傷的感覺；因為我的人生，好像在倒數著；就算我如何珍惜，到最後，卻好像甚麼都沒有；然而，我轉念再想，其實人生，究竟能否有四千多星期，有時，連自己都無從知道；最重要的，是我活著的每天，都有著生命的意義與價值……

每天，我能夠去愛，我能夠被愛；每天，我可以寫下文字，我可以留著記憶；我無需理會任何批評，我無需承受任何壓力，我可以自如地做著自己喜歡的事，我想著，我仍感到，不枉此生……

而更重要的，就是我知道，縱然人生完結了四千多星期，未來，我還有永遠的生命；未來，我還可以與神，永遠走在一起，這亦是我生命中，最大的盼望……

在神國度那裡，不再有眼淚，不再有疼痛，也不再有死亡，那是最快樂與無憂的國度……

今天的生活、愛戀與心中的感觸，我定當珍惜；明天的日子、期盼，也是我所渴望與追尋；人生向前走著的時候，不會全部都是快樂；但是，只要喜樂多於愁苦，其實，就已經是快樂的事了……

我感恩在生命中，總遇上不少真心，讓我的生命，滿載幸福；今天，誰人待我好，誰人真心愛我，我還是知道；無論如何，我都會去珍惜……

思緒，總是在飄蕩著；在無盡的空間中，有時很多念緒，總是不受控制；我總是，會憶起很多往事……

生命中每遇難處，每面對人心冷漠、背向與莫名指責，我都愛逃到神那裡；我只要能與神相遇，我就可以被擁抱，被醫治，以及被抹去眼淚，然後，我就能再次，得著一份安然……

我總愛趁著午膳，坐在大自然中，靜聽當中微小的聲音，這些都是天籟，讓我有平和的心境，我就能在生活中，獲得一份安舒；我只求在情感上，最後能得到快樂；我希望在生命中，有著一份平靜；神能與我同在，面對人生的種種起與跌……

● ● ●

無門慧開禪師在《無門關》中如此說：「春有百花秋有月，夏有涼風冬有雪，若無閒事掛心頭，便是人間好時節。」

● ● ●

是的，人世間，如能做到無牽無掛，如能做到閒上心頭，實在是天下間，第一大喜事⋯⋯

等閒，從來不只是一項選擇，更是一種生活態度；等閒，就不再掛慮於未發生的事，不再忙於不必要的比較，不再擠於不值得的飯局，不再將時間只用於別人身上，不再去聽不適合的批評與雜音；等閒，卻多將時光歸回自己，卻多將生命，歸還自己心靈裡微小的呼聲⋯⋯

如此，生命總當一無掛慮，總能夜夜安眠；每早晨，我必飽足；每傍晚，我總能靜聽萬籟之聲，並能靜觀遠處之境，並自得其樂；然後，我會知生命之雖有盡，但於我心中，快樂，卻是無窮⋯⋯

Part 4

要放下了，因為，我值得更好

將等待留給愛我的人

等待，應留給一個愛自己的人……

等待一個不愛自己的人，不是情深，只是愚昧……

今天，你還愛我嗎？如果你不愛我了，我一定不會再等待你；等待一個不愛我的人，是沒有意思的；人生苦短，我從來就值得更好……

今天，我還願意等待，因為，我知道，你還愛我……

那麼，當有一天，你不再需要我，不再愛我的時候呢？我會傷心好一陣子，然後，我就會離開的了；我不會再成為你人生的打擾……

在所有通訊錄上，你的名字，我都會刪去；一切愛的痕跡，我都不想再存留了，免得自己傷感……

人生時間不多，愛，我只留給，愛我的人；愛如是，等待也如是……

或許愛，在短暫的生命中，對我來說，會是一個等價交換；我覺得這樣很公平……

你愛我，我會愛你更多；你願意與我好好溝通和交往，我也願將更多的愛給你……

其實我們的關係，是可以衝破身邊所有轉變和障礙；我們的關係，可以並無界限，可以一直流至永遠；但如果你不再愛我，你離開我，那麼，我對你的愛，也會再沒有的了；因為我的心，都不想再愛你了……

老實說，我只愛，愛我的人；我只等待，愛我和需要我的人；我覺得，這是理性又感性的做法；這也是人對愛與被愛，最平衡的做法……

所以，要持續去愛，要持續去等待一個人，請先弄清楚，對方究竟還愛不愛我；如果對方都不愛我了，我還在等甚麼？等待空氣去回應我嗎？要讓歲月不斷地去蹉跎嗎？

其實，有時一些等待，根本心裡已經沒有很多愛了，餘下的，只是一份執著和不甘心罷了！

當然，人對舊人的等待，有時是會持續一陣子，直到一天，有一個新人出現，就會發現當天的自己，有多可笑……

是的，這是我的領受；曾經的痛入心扉，曾經那個我等待過的人，現在，我連名字都記不起了；沒有因為甚麼，只因為，我知道，他根本就不愛我……

其實誰不愛我，誰會放棄我，難道我會不知道嗎？

我告訴自己，不要再難過了，真的，我從來值得更好；我告訴自己，不要再難過了，真的，我難過，誰會心痛我呢？

●●●

蔣捷在《虞美人‧聽雨》中這樣說：「少年聽雨歌樓上。紅燭昏羅帳。壯年聽雨客舟中。江闊雲低、斷雁叫西風。而今聽雨僧廬下。鬢已星星也。悲歡離合總無情。一任階前、點滴到天明。」

●●●

年少時，人生總有許多時間追逐情感及其他的事；紅燭羅帳，要多浪漫也可以；然而走到壯年，人在異鄉，在西風中，聽著失群雁之叫聲，其實是分外淒清。人生開始走入迷惘；到兩鬢蒼白時，更體會人世間的悲歡離合，總是不可避免的事。

如此，我為何現在，還要繼續讓自己跌入痛苦的感情漩渦中？為何我還要去愛，不愛我的人？人生從來苦短，如飛而過；在有生之年，我定意追求快樂，享受幸福；當沒有愛我的人，我寧願選擇更愛自己，也不選擇無情的落寞。

悲歡離合總讓人悲傷，悲傷有時甚至會通宵達旦，直至天明；
所以，當我想快樂的時候，我還是選擇離開無情，還自己歡愉
與自由……

激情　親密　承諾

愛情，總會分為三部曲；從激情到親密，然後再到承諾⋯⋯

很多的愛，只停留在激情上；彼此對對方，只有著一份喜歡；這份喜歡，通常很短暫，通常很靠外顯之事⋯⋯

激情，從來一瞬即逝⋯⋯

至於親密，就是大家願意努力交往，相聚相知，看看有沒有機會，一起繼續走下去⋯⋯

親密時期，通常時間會長一點；這段時間也很重要，因為是對對方的了解，看看會否仍然願意走在一起，並許下承諾⋯⋯

通常親密期，最初都會有著美好，因為在彼此探索對方的過程中，總會滿載新鮮感與快樂⋯⋯

但同樣，親密期，也會讓彼此看清對方缺點；也會讓雙方，決定未來，是否可以繼續走下去……

在親密關係中，其實大家，還是可以有所選擇的……

曾經，我在多次親密關係以後，都被放棄了；後來我發現，我是太早投入感情，以致總讓自己，跌得一蹶不振……

那幾時，我才會釋放更多愛與感情呢？就是當大家，都願意許下承諾的時候；如果大家有了了承諾，還不努力去愛和付出的話，那麼，這世界，就再沒有愛了……

曾經，我和你的共聚，最初，只是一點點激情；想不到上天恩典，讓我與你，有了一段不一樣的親密關係，可以共創傳奇；曾經，彼此也許下承諾，願意繼續一起走下去……

或許你沒有察覺，或許你一早已經察覺，我對你，從來就是不一樣；或許我也知道，你對我，從來也是與別不同……

然而有一天，我發現，原來你一早，就把我放棄了……

其實，你一些安慰的說話，你一些對我真實的說話，就可讓我知道，我是否應與你，繼續我們的關係；你的話可讓我知道，其實，我們還有沒有未來；你的話可讓我明白，我們是否還可以一起繼續走下去……

然而，你給我的說話，總是像霧又像花；你的話，好像都不是寫給我的；你知道嗎？你的話，總讓我心，更添不安和傷感……

其實，我們沒有正式的通訊方法嗎？你不可以真正的聯繫我嗎？我對你不同的邀請，你全部都不回覆了；那究竟，你是想我們繼續走在一起，還是關係完結呢？

你知道嗎？你繼續這樣，只會不斷添加我的不安感，不斷消耗我對你的愛……

其實，我要的，只是你給我的一份安全感；你知道嗎？你給我的安全感，對我來說，何其重要；這會讓我知道，往後，我們的關係，究竟可以如何走下去……

承諾，我從來都守著，但是，你又如何想呢？

在我人生中，我願意與其許下承諾的人，寥寥可數；從來，為你，我不單擺上承諾，我還放上了真心……

如果我不是信守承諾的話，今天，我就沒有這麼難過……

承諾，是我對你一份真心的付出；但如果真心再不能被看見，一切的愛，就會再沒有了……

無論如何，我們能夠走到今天，實在不易；為你，我等待很多年了；我只希望，你能給我一份實在的安全感，好讓大家可以，繼續一起走下去……

當我心中有著你的時候，在你心中，今天，究竟，還有著我嗎？

● ● ●

秦觀在《滿庭芳・山抹微雲》中這樣說：「多少蓬萊舊事，空回首、煙靄紛紛。傷情處，高城望斷，燈火已黃昏。」

● ● ●

人生中不斷回首，多少情感之事，此刻已是煙消雲散，再尋覓都沒有了，只餘遺憾了；如此，在真心被負以後，我仍有的，或許就是恨了；但怨恨總是痛苦的，那我最後，還是選擇放下……

當人經歷了親密和承諾以後的被遺棄，放下，其實又談何容易？有時重重的情傷，仍是有的，但我只可以說，這份情傷，總有完結的一天……

黃昏以後，雖是黑暗，但黑暗以後，我會再會光明。

真的，為何總要讓自己情傷呢？從來，我就值得更好！

不要再糾纏了，我希望承諾和真心，是交給願意好好愛我的人……

要忘記移情別戀的前任

從來分手，被人狠狠放棄，通常只有兩個原因：一是大家性格不合；但這通常，會是慢慢分手，並有先兆……

另一種是突然決絕式分手；通常，這都是因為對方有了第三者……

人在新的工作環境裡，在新的生活中，總會結識到更多不同的人；從前生活圈子小，可以選擇的對象不多；現在生活圈子擴闊了，選擇多了；當彼此未到承諾階段，其實，大家都是可以選擇的……

人，總會選擇更適合自己，更出色的人，這叫人性……

這些時候，前任對我不愛了，就是不愛了；其實，都不會有甚麼轉彎餘地了……

曾經，我也如此放棄過別人；今日同樣，別人也因移情別戀而放棄我……

對於移情別戀的前任，其實我心中，是有著很大的恨；因為他是為了別人，而放棄我……

從來移情別戀的前任，都不會告訴我，他有了新對象，因為這是找死的事；但當有一天我知道了，我會從難過，變為憤怒；是的，是很深的怨恨……

不要以為我對愛過的人，只有愛，沒有恨；當前任移情別戀，我對他，就只餘恨意；我會很快，就把他忘記……

不愛我的人，還記來做甚麼？記著他，我都覺得妨礙自己生活……

所以，當一個人不愛我了，我還再追甚麼？我還在等甚麼？或許，他都在擁抱著別人了……

等，從來，是去等一個值得的人……

- - - ●●●

蘇軾在《蝶戀花・春景》中如此說：「枝上柳綿吹又少，天涯何處無芳草。」

●●● - - -

如果有一天，你認識了其他人而要放棄我的話，請你告訴我，我一定不會再愛你……

如果，你回頭再來找我呢？我也一定不會再接受你，因為曾經，你因著別人而狠狠放棄我，你當我是甚麼呢？

你再回頭找我，只是你試過別人以後，你覺得不適合罷了！下次你遇見比我更好的人，你又要再次把我放棄嗎？

曾經不愛我的人，所謂的再愛我，都是虛情假意……

愛，還是要有適當的尊嚴；當你在擁抱著別人時，我還愛你，是連自己基本的尊嚴都沒有了……

從來愛情，都是一場殘酷的遊戲；人，總想選擇更好；人有時和愛著的人走在一起，其實心裡，仍然是想得到更好……

曾經，我和他已到了承諾階段，我還是被他狠狠撇棄；我知道，他是移情別戀了；不過，我卻可以很快復原，因為，由愛變為恨，再由恨變為不愛，是很容易的一件事；我只是痛恨自己，當初為何會選上他……

我知道，這世上，不是每一個曾與我快樂交往的人，都願意繼續愛我，更遑論永遠愛我；騎牛搵馬，從來是愛情場上，最尋常的事……

等待一個不值得的人，只會讓自己難過，沒有人會為我心痛……

我不會再難過了，我明白，這世上，從來沒有一份愛，是必然的；從來相愛，都不是一件很容易的事；從來被愛，更不是很容易就能擁有……

因此，如果能夠尋覓到一份無私的深愛，從來就是一份難得……

從來等價交換，都應是愛情裡的中軸；愛，從來就是一場很大的博弈……

愛情，有時候就是走上殺戮戰場上，可不要掉以輕心；要自我強大，要保著自己的自尊和價值；否則一不小心，就會跌得粉身碎骨……

從來我都是如此優秀，總有人會愛我；為何，我要為不愛我的人而難過呢？

不懂珍惜和欣賞我的人，還值得留戀嗎？為何，我不多去看看，一直愛著我，念著我的人呢？

有的，未來一定有……

真的，天涯處處有芳草，不用只專注那一束野草上啊！

真心

我從來相信，愛，仍然是人世間，最獨特的一種心事……

但是，我們多少年沒有見面了？是的，經年了；人生，其實，我再沒有很多個經年；時間過去了，對我來說，是再也追不回來的了……

記憶，從來應該用快樂的事去填滿；然而我和你之間的快樂記憶，離我，原來已經很遠了……

一些快樂的記憶，其實很簡單；只是大家吃一頓飯，大家談上一次電話；大家互相交流，互相關心，互相問候；然後，互相祝福……

但原來，這些簡單的事，對我來說，都是如此奢侈……

其實，如果人與人之間，再沒有快樂的回憶，那我們的關係，還餘下甚麼？是的，你的回憶，只有別人罷了，都沒有我了……

或許這些年，我與你遺落的記憶，已成了我生命中，一大的遺憾；如果讓這些遺憾繼續的話，我們之間的愛，慢慢的，都會再沒有了……

願你珍惜，還可以相聚的日子；願你能抓緊，每一份屬於我愛你的真心；因為從來，凡事都不是必然的……

人心的冷漠，是因著付出的愛，長期不被珍視；人心的思變，是因著真心，長期不能被看見；這樣，最後，我對你一切的愛與忍耐，都會再沒有的了……

●●●

李之儀在《卜算子·我住長江頭》中這樣說：「只願君心似我心，定不負相思意。」

●●●

只願你能夠明白我的心，不會辜負我的一番情意……

然而，如果我的真心交付，是沒有出路的話，最終，我會選擇收回真心；

我會將我唯一及寶貴的真心，交給其他懂得珍惜的人了……

處異地之戀

從來一場相愛在異地，一場深愛相依於旅程中，都是很浪漫的事；因為身處異地，就不用顧慮現實艱難；大家身邊無親無故，無所依靠，只要身邊有一個人，外表不差，大家的關係，自然就很容易變得親密……

但每當回到現實，一切，就會變得不再一樣……

曾經我常要在異地工作，總遇上很多不同的人；他們總愛靠近過來，親密地與我走著；幾乎每天每刻，我們都走在一起……

那些時候，我眼中也只有對方，總感到這是一種孤寂中的溫暖與同行；但每次一回港，相處，就變得困難重重……

身處異地的浪漫感，回港後，就再發揮不到任何作用；在異地，大家時間多，但回港以後，大家都忙，要認真相處，實不容易……

特別是大家對前路看法並不一致，彼此資歷高低有所不同，最後，就是連聯絡，都再沒有了⋯⋯

曾經我對這些愛，都是認真的，但原來每次，我都是輸了⋯⋯

每次出外的被依戀，被擁抱，但回港後，總是被放棄，我就會傷心一陣子；但後來我明白，大家在陌生環境中的相依，只是一種彼此在寂寞時的互相倚靠；真的，不要再太過認真了⋯⋯

那甚麼時候，才可以認真呢？就是回到香港，大家仍願意一起計劃未來，那時候開始認真，還不遲⋯⋯

在香港，你變成真正的你；而同樣，我，也成為真正的我⋯⋯

旅程完結，其實也是浪漫的完結；一切的依戀，也隨著現實而煙消雲散⋯⋯

從來在異地虛幻的愛，總不會長久，這是我後來才知道；當人要面對現實，一切的夢，就會醒了，這也是我後來才發現；一切所謂在異地的愛戀，在現實推磨下，只有開花，不會結果，這也是我輸了很多次才明白⋯⋯

這世上，惟有大家曾經同甘共苦，一起經歷艱難與歷練，才可以營造真心，才可以一起，繼續走得更遠⋯⋯

從來浪漫的愛，始於景點，毀於現實⋯⋯

曾經在快樂的旅程中建立的所謂愛，當中只是包含無數低價值的吃喝玩樂；後來我也發現，這都不是愛，最多，只是一場迷戀與喜歡罷了！

到現在，我還記得那些我曾喜歡的人？偶爾或會想起，不過有些人，我連他們的樣貌，都遺忘了……

從來經得起時間考驗和生命中種種艱難的，才會是一份永久的真愛……

● ● ●

歐陽修在《浪淘沙・把酒祝東風》中這樣說：「總是當時攜手處，遊遍芳叢。聚散苦匆匆。此恨無窮。今年花勝去年紅。可惜明年花更好，知與誰同。」

● ● ●

曾經攜手玩樂，現在轉眼間，一切都再沒有了；人間聚散，總是太過匆匆；到最後，究竟會是誰，與我一起賞花呢？

我信，一定會有一位最好的，最後，一定會有一位愛我的人，與我共行人生路……

從來經得起時間考驗和生命中種種艱難的,才會是一份永久的真愛⋯⋯

不要隨便說愛我

其實愛一個人，你總會願意，為對方作出改變；如果不願意的話，其實當中，已沒有甚麼愛了；如果更要求對方去改變，去遷就你的話，其實，這再不是一份愛，只是一份索求罷了！

人很多時候，以為自己深愛著對方，其實，只是在索求著，別人對自己的愛罷了！

有時候，被人放棄，人以為可以不惜一切去挽回，但其實，你放不下的，不是一個深愛的人，你放不下的，只是那一份深深不忿罷了！

有時候，明知是被放棄，還要繼續去補救，根本不是因為深愛對方，只是因為，感受到一種被遺棄的委屈，一份被遺棄的失落，一種被拒絕的無力感罷了！

有時候想去補救，其實只是放不開，一份曾經一起的快樂；其實，並不是真的，很深愛對方……

132

從來分手，都一定有原因；分手，從來不會是一朝一夕的事；分手，總因一方連結著很多內心不滿，累積上很多彼此的不協調；有時候，有些事，或許，大家都心知肚明……

我想你去為我作出改變，然而，誰又會願意，真正的去為對方改變呢？如果彼此對未來憧憬不一樣，有時候，不是所有問題，都可以輕言解決……

人如果真的深愛對方，是會願意放下自己，改變自己，並改變一些現況，去遷就對方；但如果這樣，其實，就變得再沒有自己了；這樣，自己也就不快樂了；這樣，還可以繼續去愛著對方嗎？彼此，真的還會有快樂和愛嗎？

所以最後，問題還是解決不了……

所以有時候，人是知道，為何大家會分手的，根本就是大家並不適合，根本就走不下去，根本就是大家，都不會為對方去作出任何改變……

從來，放不下的，不是一份愛，放不下的，只是一份失去罷了！

不要再欺騙自己了……

當彼此都不願改變自己，讓彼此一同走下去的時候，其實分開，不就是一個很好的結局嗎？

或許如此，彼此在未來，都可以遇到更好……

從來愛，是願意為對方作出改變；

從來愛，是要為對方不斷付出、犧牲和忍耐；

從來愛，都是很艱難的一件事⋯⋯

你知道嗎？為著愛你，我放上幾多忍耐，放下幾多身段，改變幾多習慣，做了幾多瘋狂的事⋯⋯

請不要輕言深愛，特別當你，其實只是更愛自己的時候⋯⋯

愛，從來就不容易；其實，你口中說愛，心中，一早就已經不是太愛了⋯⋯

●●●

晏殊在《蝶戀花・檻菊愁烟蘭泣露》中這樣說：「檻菊愁煙蘭泣露。羅幕輕寒，燕子雙飛去。明月不諳離恨苦。斜光到曉穿朱戶。昨夜西風凋碧樹。獨上高樓，望盡天涯路。欲寄彩箋兼尺素。山長水闊知何處。」

●●●

在曾經失落的晚上，詩人見著欄外菊花，感到特別憂愁；蘭葉上的露珠，又像淚點；微寒中，燕子飛走了，而明月，從來就不知人世間離情恨別之苦。

是的，從來情感在心中，就只是我一個人的事，你愛我還是不愛我，也不是我能駕馭的了；但我繼續傷心或是忘記，卻還是我內心可以去選擇的。

在夜裡，在秋風中，詩人獨上高樓，看盡前路消失在眼前；他想寄上一封信給所愛的人，但千里迢迢，連對方在哪裡都不知道，信，又可以如何寄出呢？

或許有時人生，有些難過，還是要獨自面對；對不愛我的人，有時，或許我要決絕一點地離去，好讓自己往後，有更美好的遇見……

曾經說願意為我改變的人，曾經說很愛我的人，因著現實變遷，因著心底願望之改變，今天，都不再屬於我了；而我，其實也是可以選擇，不再記著你，我只屬於最美好的自己，我也可屬於，下一位愛我的人；我又何需苦苦尋索，已一去不復返的你呢？

記憶真空期

或許這幾年來，原來我對你的記憶，是如此的一片空白……

我努力去尋索，但實在，在我腦海中，這幾年來，我對你的記憶，是一張照片都沒有；原來，是一個影像都沒有；更原來，是一句說話都沒有……

突然有一天，新的記憶有了，就是你擁抱著別人的影象；原來這幾年來的等待，讓我現在闔上眼，腦海中，只演繹出你與別人的合照……

我反覆思量著，其實這幾年來，我在愛著了甚麼？是否，我未能忘記的，只是一份逝去美好的記憶……

美好的記憶，還可以撐著一陣子；但往後空白的記憶，卻讓人僅有的情感，都慢慢地退卻了；最後，殘忍的影象，把原先最美好的記憶，都通通打碎了……

或許這幾年來，你可以天天看見我；但我呢？你有沒有想過我的感受和需要？

我現在，是在努力尋回我們曾經的記憶，因為，我還是不想失去你；但你知道嗎？無論我如何努力，我發現，這麼多年來，我與你的情感記憶，原來，是真空的；我和你這幾年來，原來，是一點交集都沒有……

這個情感與記憶的真空期，是真實的存在著；時間，在一年一年的流過；一切失去了的歲月，現在是如何去追，都再也追不回來了……

或許，我現在唯一可以盼望的，就只有未來；但如果未來也是如此的話，那麼，我預期，一切我對你的愛，都會消散的了……

請你能夠易地而處，去想想我的感受和需要；請你能夠明白，我一個人就算多麼努力，其實，也是沒有用的……

愛在脆弱的時候，從來就是如此不堪一擊；從來愛，都要小心翼翼的去經營；否則愛，就只會像玻璃一樣碎掉了，再也修補不了……

為著你，我真的已經踏出很多步；一切最好的，我都留給你了；如果你還珍惜我，你願意為我們的關係，多走幾步嗎？如果你不願意的話，那我們的關係，就到此為止了！

我信未來，我的回憶，是會盛載著愛與幸福，不過不是和你，是和其他人了……

●●●

柳永在《八聲甘州‧對瀟瀟暮雨灑江天》中這樣說：「是處紅衰翠減，苒苒物華休。惟有長江水，無語東流。不忍登高臨遠，望故鄉渺邈，歸思難收。嘆年來蹤跡，何事苦淹留？想佳人，妝樓顒望，誤幾回、天際識歸舟。爭知我，倚欄杆處，正恁凝愁！」

●●●

是的，一切美好的景物，總會漸漸衰殘；滔滔長江水，也無聲無息地向東流著……

詞人登高遠眺，渴望回家，亦想著深愛的人是否也在高樓上凝望著自己，更會錯當遠處歸來的船，當作是自己回家之舟。他會知道詞人，同樣也想念著他嗎？

是的，愛，從來就是一份互相想念；在愛的真空期，其實你有想念我嗎？或是你在與別人交往，有剩餘時間，你才有一點點的想念我？這種次等的想念，我並不渴望擁有。

我盼望未來我愛著的人，會成為我記憶中的主體，成為我記憶中的唯一；他只珍惜我，我只鍾愛他。

有時，人與人的關係，或許都會如此；走著走著，就甚麼關係，都再沒有了；但不要緊，江流總是不息的；我信，生命中最寶貴的愛，未來總會為我湧流著……

人生的美好　是要先離開並不美好的人

一個見著我難過，仍然不會回頭看我一眼的人，其實，已不再值得我去留戀了……

雖然我曾經深深愛過了你，但我知道，你一直，都看不見我的眼淚；或者應該這樣說，我的眼淚，你從來，都只會視而不見……

其實除了因為不愛，我想不到，還有甚麼其他原因，你要如此放棄我……

曾經放棄我的人，我對他，已再沒有信任；有一天，如果你再回來找我，或許，我都不會再接受你；因為今天，你因為不愛而放棄我；明天，你又會有其他原因，再次把我放棄……

一個曾經放棄我的人，一個一直見不到我眼淚的人，我知道，根本就是不愛我……

如果你真的要放棄我，或是你已經放棄我，請你直接告訴我，可以嗎？這樣，我不會再選擇愛你；這樣，我就不用再為你而難過；這樣，我就不用常常暗自下淚；這樣，我會讓自己，慢慢地，將你忘記……

其實你一直的不回覆，是否已經一早告訴我，你不只從來沒有愛過我，你其實，從來都沒有理會過我；或是其實一早，你已經把我，靜靜的忘記？

很多年前的一個晚上，你沒有再回覆我了；原來我發現，我再也不能傳訊息給你了；我從來沒有想過，我會是如此的失去你；我哭了很多個晚上……

但原來有些人，是不再值得等待；但原來有些人，也不值我一直傻傻的去愛；因為原來，你一早就已經不再愛我……

一直，你對我都是無動於衷；一直，我愛你，只是屬於我的故事；你不愛我，確是真實的事……

為何愚昧的我，要一直的在等待著你？其實，我這份愚昧，還要去到幾時呢？

究竟我現在，在等甚麼？在等一個，不愛自己的人嗎？

為何在情感上，我是如此的傻？為何在心靈中，我總是如此的軟弱？有時為你，我開始，不再認識自己了！

其實，是的，你並沒有很愛我；你只想，我一直去愛你罷了！

從來，你就沒有怎麼珍惜我；從來，你也沒有怎麼關注我的需要和感受……

人心的寂寞，就是因為，我愛上一個，只顧自己的人……

這是一份愚昧……

記得曾經與你的日子，是如此的美好；但今天你加給我的悲傷，已掩蓋了當日的快樂……

曾經我以為，信守承諾是一件必然的事，也是讓大家快樂的事；但原來，這只是我一個人的想法；曾經的承諾，原來已與你，並無關係……

這是，我另一份愚昧，就是不斷的去信任你……

或許人生是美好的，但我要先離開並不美好的人；我要先離開，總傷我心的人……

●●●

晏殊在《採桑子・時光只解催人老》中這樣說：「時光只解催人老，不信多情，長恨離亭，淚滴春衫酒易醒。梧桐昨夜西風急，淡月朧明，好夢頻驚，何處高樓雁一聲？」

●●●

詞人道出人生中的歲月悠悠，時光飛逝，人在不知不覺間就老去了；世間其實能有幾許多情之人，會在彼此離別後繼續傷感，繼續為對方灑淚？

曾經我對你的思念，都是如此深重，曾經我為你流下的眼淚，同樣滴至衣襟；或許我就是詞人眼中，多情之人。

詞人晚上被雁聲驚醒，一夜不能好夢；我想，對不愛我的人，我應選擇忘記，如此，我還能好好入夢，對得起睡夢中的自己。

從來人生匆匆，人就老了，我還要將時間，浪費在不愛我的人身上嗎？為不珍惜我的人傷感，究竟是值得的嗎？

或許人生，我還是想在每晚上作個好夢；在白天，我還是想笑著，迎接朝陽；如此，才不枉匆匆而過的一生；如此，才對得起最美麗的自己；只要放棄不愛我的人，我總有機會迎來愛我之人，因為，我會變得更美麗，我會變得更自信，更有生命力。

我還是會再次被愛

人與人之間的關係，會是如何斷絕的呢？就是當你不再尋找我，我也不再聯繫你的時候，大家的關係，就會完結了……

當我還是很努力尋找你的時候，我們這段關係，還有希望；但當有一天，我心累了；或是當有一天，我夢醒了，我不想再尋索你的時候；那甚麼的愛，都會再沒有了……

有時候，我給你的信，實在寫得太多了；有時候，我給你的訊息，也一直只是我的自言自語；當凡事，你對我都是漠不關心；當我難過，只是我一個人去抹掉眼淚；這樣，總有一天，我會徹底地，離開你……

或許，人還是需要在一份安穩的關愛下生存；或許，人還是希望，能過著一種幸福的生活……

有一天，或許我會離開你；我會去尋找一個，願意回覆我訊息的人；我會去尋找一個，願意與我好好溝通的人；我

會去尋找一個，能夠讓我幸福的人……

今天我不愛他，我相信在溝通以後，我會愛他的……

你實在，讓我太失望了！曾經我給你的愛，不是我不願再付出，而是你總沒有珍惜……

失望，讓人難過；難過，讓人離開；或許離開你以後，我才有機會，得著幸福……

或許，我不要再等，不會回來的人，因為累了，因為是浪費生命的；每早晨都是新的；我信，明天會有更好的人在等著我……

或許讓我最大的受傷，就是你的靜默無聲；讓我最失望的，就是你的不再回應……

不過有時候，或許一些傷感的事，卻是好的，因為這樣，就會讓我知道，誰是真正願意關心和珍惜我的人……

在難過的時候，有些人對我一聲聲的問候，我才知道，誰是真正在我寂寞時，願意與我走在一起……

你走你的路吧！你的人生，我知道，是與我再沒有甚麼相干的了！

人生走著走著，有些關係，終歸是會走散的；我也知道，最終，我也是會失去你；但我心中，還存有盼望；我相信在未來，我還是會再次被愛……

晏幾道在《鷓鴣天・彩袖殷勤捧玉鍾》中這樣說：「從別後，憶相逢。幾回魂夢與君同。今宵剩把銀釭照，猶恐相逢是夢中。」

詞人道出，自與愛人離別以後，總想再次相遇，但原來每次重逢，都只在夢中。詞人對所愛之人的想念，何其的深！

我想著我與你的狀態，每每與你離別後，我總想與你再次重逢；然而多少次，你我的重逢，只在夢中；虛幻的夢中相見，還有意義嗎？我要的，並不是虛浮的愛，我要的，是一份真誠與真實的愛……

夢中相見，終究有何意義？但是因著思念，在夢中一見，確可解相思之苦。然而最後在真實中，我們就不要再相見了，因為見了，還是無法走在一起，那相見，還有甚麼價值？還不是讓自己更難過？

與其如此，我惟有忍痛不再見你，如此，我就可以慢慢地把你忘記；然後，我好去迎接真正愛我的人，我好去迎接，每晚新的美夢……

人生走著走著，有些關係，
終歸是會走散的；

我也知道，最終，我也是會失去你；
但我心中，還存有盼望；

我相信在未來，我還是會再次被愛……

人生自是有情癡

其實，我說沒事了，真的，就是沒事了嗎？

有時候，我說沒事了，我只是不想，再次說出自己的感受；因為再說出來，你也不會明白；因為再說出來，也不能夠解決我們彼此間的問題；因為再說出來，或許，只會破壞大家的關係……

所以最後，我還是只選擇說，我沒事了；就如此的，我習慣和你說，我沒事了……

下一次，我又會和你說，我不來了；再幾次以後，我就會說，我走了……

其實我沒事了，只是一句開場白……

如果在我說沒事了的時候，你能認真坐下來和我談談，你能以真誠的心與我相交，你能以體諒的心，去站在我的立場上，想想我的感受；你能以愛去擁抱著我，其實這樣，在我心中，多大的難處，就真的會，沒事了……

其實，在流星掠過的晚上，你還有想起我嗎？在細雨滴下的黃昏，你又會再想起我嗎？其實，你會在甚麼日子想起我？或是，已經，你都再沒有想起過？

你知道嗎？其實我在每一天，都在想念著你……

●●●

龔自珍在《己亥雜詩‧其五》中如此說：「落紅不是無情物，化作春泥更護花……」

●●●

我想說：「淚滴，從來不是無情物，化作牽掛後，總會更加動人……」

其實，你可否主動一點，你可否多一點明白我的需要？其實，我也是很需要你……

我想告訴你，如果有兩個人，一人常常前來找我幫忙，希望我助他解決問題與困難；他常常前來詢問我意見，很想知道我對他的看法，然後又看重我的意念與心思；這樣，我的心，就總會記掛著他……

另一人，從來不主動找我，也不告知我他現在的情況；從來，我沒有參與他生命當中的事；我想，我對他的愛，只會慢慢減退，或到最後，我更會把他忘記⋯⋯

縱使這兩人，起初，其實我都喜愛⋯⋯

為甚麼走著走著，我會更喜愛第一位呢？因為，他常常與我商量不同的事；在他生命中，有著了我的位置；其實，他是需要我；我會發現，慢慢的，我也需要他⋯⋯

至於第二位，我發現，在人生走著走著，我和他的生命，並沒有甚麼交集了；他的人生，我並不熟悉；他的情感，我亦無從掌握；慢慢地，由起初的很愛和滿有好感，到最後，一切的愛，都變淡了，都遺落了⋯⋯

愛，從來就是一份互相需要；不要害怕麻煩和打擾對方⋯⋯

如果我真的愛你，我只希望，你能更多靠近我；我打從心底，只願意一直與你有更多分享，能夠更多的去幫助你⋯⋯

一份互相需要，才能成就一份，久遠深長的愛⋯⋯

不要在我說沒事了的時候離我而去，不要讓我不再需要你，你明白嗎？

●●●

歐陽修在《玉樓春》中這樣說：「人生自是有情癡，此恨不關風與月。」

●●●

人生自是有情，情到深處，總是一份癡絕……

願你能珍惜我心中對你的情感，願你能抓緊生命中我對你的愛；我們大家一起渡過難關，好嗎？

其實從來，我們都值得彼此的好……

你不要假扮愛我

我已經退到牆角了⋯⋯

其實，我本打算靜靜的，去舔著自己的傷口，為自己療傷；因為我相信，這樣，我就會慢慢好起來；怎知你碰見我，你不單沒有明白我的傷痛，你更沒有撫平我的傷口，你更說著，許多難聽的說話，詞鋒比從前更凌厲⋯⋯

我本快癒合的傷口，現在，又再一次淌血⋯⋯

你不單指斥我今天的錯，你更將我舊日的不足，又再一次道出來⋯⋯

人是沒有辦法，不斷承受很多傷痛；有時候，人與人之間的交往，沒有被體恤的話，只會製造更多傷痕⋯⋯

其實我再靜心細想，我知道了一個事實；其實，就是你並不愛我；你口中所說的愛，根本全然，都只是一份虛假罷了！

其實虛假不要緊，你又不要扮作愛我……

生命中，有時容讓一些空間，給我靜靜地舔傷，就夠了；

生命中，在我受傷的時候，給我一些安慰的說話，就夠了；

生命中，我只要得著一份被明白，我就能夠，繼續勇敢往前行……

傷口，總有癒合的一天，如果這世界，還有愛我的人；我相信有的，一定會有的，我總常存盼望；加上我相信自己，也有自癒的能力……

其實受傷，是一份記憶，會是很怕，再見到曾傷害自己的人；受傷這道路，有時是很孤單的，總是不能被人去明白……

其實，我對你的愛，最初，只是一份最單純的愛；我以為，你會愛我；我以為，我努力幫助你後，你就會喜歡我；但原來，我對你的幫助，卻換來你對我的厭惡；原來，你對我，有著這許多的不滿意；原來，你一直，也沒有將真話，說出來……

直至有一天，你說出來了，我也知道了……

有些場境，我是不想再去面對；有些人，我似乎，亦真的再面對不了；或許不逃出來，還是會被你，一次又一次的傷害……

其實，我應該要如何去面對你呢？世上生活，總有困厄；情感路上，我又會被困住……

或許，我會試著靜靜地禱告；或許，我會試著慢慢地，輕輕地
放下你；然後，我會抹掉眼淚，繼續勇敢往前行……

其他人可能會讓我失望，而你，總不會讓我失望的，是嗎？雖
然我知道，將所有希望，只放在一個人身上，其實是危險和愚
昧的一件事……

人生不長，我知道，應要遠離消耗我生命的人；應與愛我的人
走在一起，應與明白我的人一起共行……

但究竟愛我的人，明白我的人，現在又在那裡了？

人生總是一場又一場的相遇與離別；我只想捉緊著我愛的人，
其實，真是一件很困難的事嗎？

有時候，或許有些愛，我是解釋不到的；同樣，這一次離開，
我也連解釋都累了，我都不想再說甚麼了，因為一說，又會流
淚了；既然這樣，我就靜靜的、悄悄的，離開你吧！

其實如果你有愛我，如果我能感受到你的愛，我又怎會離開
呢？有時候，或許我想得太多，只會傷自己太深罷了！我需要
離開，因為我再沒有力量去面對你了！

不過，給我一些傷心的時間，給我一些安靜的時間，給我一些
自癒的時間，我會慢慢地，好起來的……

● ● ●

辛棄疾在《菩薩蠻‧書江西造口壁》中這樣說：「鬱孤臺下清江水，中間多少行人淚？青山遮不住，畢竟東流去。」

● ● ●

江水總湧流著；水流，還是不能被青山擋住，還是會向東流；不過當中，其實盛載了多少人的眼淚……

一份愛，曾經在；然而，在時光流逝以後，其實最後，一切曾經的愛，都再沒有了……

不過不要緊，流水，還是會有的；流水，總是流之不竭；我相信，愛，從來也是永不止息，只要我願意繼續去尋找的話……

關於分手

分手，最好的方法，是兩人一起說清楚，然後祝福對方，和平地分手；但通常，這都只是憧憬；因為從來分手，多數是有一方首先不愛，另一方仍有不捨⋯⋯

分手，大多只有三種原因：

一是，我不再愛你了；

二是，你在性格上，未來生活上，都不再適合我了；

三是，我已經愛上別人了⋯⋯

分手，通常是有先兆的，不會突然而至；分手前，大家的交談，是會慢慢地疏落；最後，一方會提出分手，或直接了當，封鎖對方所有帳號⋯⋯

如果在封鎖對方帳號前，一點都不給對方任何解釋機會，這其實是很殘忍的做法；因為這樣，彼此連說再見的機會都沒有，這是最傷人的⋯⋯

如果解釋清楚，說了再見，然後封鎖對方帳號，這反而是最斬
釘截鐵的分手方法；因為惟有這樣，才可讓對方不再心存幻想，
並逼著對方去遺忘；這樣，對雙方都有好處；其實，這還算是
一種負責任的分手行徑。

有些人會選擇於星期一提出分手，因知道對方還有一星期工
作，不能大力反抗；

有些人會在對方身處異地時提出分手，同樣也是讓對方，無力
反抗，避免很多糾纏上的麻煩。

其實，這樣都好嗎？或許，這些決絕式的分手，在情感上，是
很讓人受傷的；不過同時，也在釋出一個很清晰的意思，就是
我們真的要分開了，大家不要再拖拖拉拉了。

有時候，最差的分手，就是你都打算走了，但你又不斷回頭來
看我，又重新來安慰我，然後又再次提出分手；這種無底的糾
纏，讓人更心痛。

人生要尋著一生的靈魂與肉身伴侶，實在談何容易；當走著走
著，不再適合的時候，其實分手，有時也不是壞事；一直拖下
去，對雙方也無益處。

或許分手，看正面一點，有時是給彼此機會，重新認識更適合
的人……

曾經，我被人放棄過，我也放棄過別人；曾經在分手的事上，
別人傷害過我，我也傷害過別人………

我記得，從來你都很忙碌……

一個人未成功的時候，因為要邁向成功，所以，會是很忙碌；然後，一個人成功了，但因為要維持成功，所以，仍然會是很忙碌；人生從來，要在成功中打轉的話，生活，永遠都是忙碌……

人生的忙碌，從來都是一個疏遠別人的藉口；從來，人要去愛一個人的時候，就一定會有時間；生活的忙碌，和心靈的忙亂，其實是互不相關的；你可以生活很忙，但心靈很平靜；你可以生活很清閒，但心靈卻很忙亂……

要愛一個人，從來都有時間；要離開一個人，卻甚麼時候，都會在忙碌著；人生要忙碌的話，就會一直忙碌下去；這是人的選擇……

所以最後，我都是不再打擾你了，我選擇與你分手……

你有你的生活，你有你的忙碌；你有你的成功標準，你有你所愛的一切；或者這世上，有一件浪費時間的事，就是我不斷的關心你，一直的愛你，但你卻一點感覺都沒有，一點明白都沒有；其實我為何，還要為你而去傷心呢？

的確，在我心裡，這真是一份傷感；但也的確，你對我的傷心，亦毫無感覺；這原來，只是我自己一個人的傷心；我發覺，和你分手，是對的……

有一天，我不會再傷心落寞下去的了！我不會再為一個不愛我的人傷心了！其實，我是會忘記你的！給我一點時間……

曾經你給我的，是過了頭的難過；而你對我的難過，總是無動於衷……

當一切的傷感太多時，我就會醒覺了，所以，我會徹底地離開你；當我的傷心，只是我一個人傷心的時候，這個傷心，是絕對沒有價值的了……

無論你成功與否，最後，都與我無關的了！我與你的關係，見不到今天，更見不到未來；是的，你根本，就不再值得我去等待了……

或許沒有期望，就沒有失望吧！只要我對你沒有期望，只要我離開你，只要我心如止水，一切難過，都可以再沒有了；我和你不再交集，我和你再沒有甚麼關係；這樣，我難過的心境，就再沒有了……

我不再期望你的回覆；我不再期望你對我的關心；我不再期望未來，我們可以再走在一起，共創奇蹟；這樣，我的難過，就慢慢減退了……

對另一人沒有期望，其實，就是不愛了；心如止水，其實，就是一份我對你不痛不癢的感覺；簡單來說，就是我不愛你了……

難過，還是有的；傷痕，還是印在我心中，會成為一份記憶；但是經過時間洗禮以後，我開始沒有那麼難過；我相信，我的眼淚，會慢慢的，再沒有了……

李清照在《武陵春・春晚》中這樣說：「物是人非事事休，欲語淚先流。只恐雙溪舴艋舟，載不動許多愁。」

● ● ●

詞人道出，景物依舊，但人面全非之痛；一切事，所有情，都已完結。詞人想說出自己心事，但仍未啟齒，眼淚已先流了下來；詞人想著溪中小舟，根本就載不上很多愁緒。

是的，情感的失落，有時總讓人流下許多的眼淚；或許只有徹底的分開和忘記，才能讓人止息淚水，重新出發，再覓真愛……

真的，不停流淚，還是沒有用，如果對方都已忘記我，我又何苦欲斷難斷？從來精神健康更重要，從來不應用不息的眼淚，去換取不值得的愛；分手會是一個嶄新階段，好讓我能勇往直前，遇見美好，最終放下愁緒。

情感的失落，
有時總讓人流下許多的眼淚；
或許只有徹底的分開和忘記，
才能讓人止息淚水，
重新出發，再覓真愛⋯⋯

迴避依戀型人格

你試過等一個人嗎？當你嘗試過，你就會知道，不知結果的等待，其實，是多麼的讓人難過；

當你嘗試等過一個人，你就會明白，當中會有幾多的忐忑與不安；

當你嘗試等過一個人，你就會知曉，其實當中，是會掉下幾多的眼淚……

等著等著，很多時候，都是無底的，都是不知道未來的；有時候，甚至是沒有方向的；等著等著，或許最後，其實是甚麼，都再等不到……

等一個人，這麼的痛，終究是值得的嗎？究竟等一個人，又可以等多久？

有些人一邊等著一個人，一邊其實會在嘗試建立其他新關係，這樣可以嗎？

我只想說，如果對方已說清楚不會回頭，其實這人，真的不必再等待了，否則，都只是浪費時間；有時一邊等著，一邊同步建立其他關係，也不全錯，以免浪費機會和光陰……

至於你呢？我會繼續等待你嗎？

你曾說，希望我能等著你；你知道嗎？如果是其他人，我一定不會等，但最愛的你，我一定會等著，我也絕不考慮其他人……

就這樣，我等了你，很多年了；為的，都只是我相信，你不會欺騙我；我深信，你會回來再找我的；你說過，你很忙，那我都不打擾你了；你忙你的就可以，其他的事，交給我就好，我會努力的……

我會等你，因為我知道，你不會欺騙我；從來，期待與結果，落差原來可以如此巨大；我繼續告訴自己，你沒有欺騙我，你一直都很忙；你忙得連回覆我的時間都沒有……

你也一直在一個不知名的國度，通訊設施不佳，所以你不方便找我；不要緊的，等你回來香港，我們就可以再見了……

這陣子，我每天不停的說服自己，你並沒有欺騙我；然而我的心，其實比死還痛；我發覺，我開始，再沒法說服自己下去了……

其實，我還會繼續等你嗎？如果你還愛我，如果你還在乎我，如果你還懂得尊重我，如果你還會回覆我，我一定會繼續等待你……

有時有些委屈，我不說出來，不代表我就沒有難過；有時有些難過，我不說出來，不代表你就可以持續地去傷害我……

有些傷感，我不說出來，只是避免破壞大家的關係；有些傷害，我不說出來，不代表我心裡，就沒有痛楚……

不要這樣持續地傷害我，不要一次又一次地用話去傷害我；不要讓我一等再等；你說話完後，就當甚麼事都沒有發生；我不反駁你，只是希望暫時的忍耐，能保有大家的關係；然而你卻看準我的善良，一而再，再而三地去攻擊我……

我不想恨你，也不想反駁你，因為，我還想保有心靈的安靜……

或許人與人之間有些關係，是需要捨棄的；你不用逃避我了，今天，是我選擇離開你……

或許，迴避依戀型人格的人，往往對外，以及對釋放自己感情，總是小心翼翼；

而對所愛著的人，卻總有著深深的依戀……

他們最喜歡的，會是閃閃發亮，坦率熱情的人；因為欣賞他們，總願意將感情直接道出，光芒四射，魅力非凡……

然而，坦率熱情的人，卻與迴避依戀型的人，最難相處；因為當坦率熱情的人，釋放了愛意以後，迴避依戀型的人，卻往往還沒有很多回應……

164

如此，就讓坦率熱情的人，在最大的期待下，卻換來最大的傷心與失望；最後，坦率熱情型的人，惟有黯然離去⋯⋯

然後，迴避依戀型的人，又覺得自己被對方放棄，深深感到被傷害⋯⋯

其實難道，坦率熱情的人，又沒有感到失望和難過嗎？

如果，我和你落入如此巨大的漩渦中，大家都無法協調的話，就很難好好走下去⋯⋯

迴避依戀型的人，最需要的，是對方能給他滿滿的信心和安全感；然後，他才可以一步一步的，從心靈中步出來⋯⋯

但當坦率熱情的人，給了迴避依戀型的人滿滿安全感以後，迴避依戀型的人，其實也需要自己勇敢的，繼續踏出更多步，否則坦率熱情的人，會對其失望⋯⋯

坦率熱情的人對愛的表達，從來是直接的，是勇敢的；然而他們也希望，對方在愛中，可以有更多的回應與互動⋯⋯

對坦率熱情的人來說，在沒有互動的情況下，要給與對方不斷及無限的愛，是困難的⋯⋯

其實，我們都用上很多年，去等待彼此了；本來一早，我們是可以好好協調大家的相處模式，只要大家都勇敢一點，就可以了⋯⋯

其實，你真的不用再逃避我了，我已經給你很多信心了；你知道嗎？你一定不會輸的，我一定不會離開你的，除非你離開我……

你又知道嗎？作為坦率熱情的人，我心底，其實是不願意去等待這麼讓人煩惱的迴避依戀型，因為實在，要用上我很多心思，要耗上我很多心力，亦要用上我很多時間……

但我想告訴你，如果一個坦率熱情的人，願意花上這麼多時間和心力，去等待一個迴避依戀型的人，其實，這是從我心底裡，對你一份不息的愛，以及無盡的包容與忍耐……

不要又讓我們的關係打回原形，好嗎？你想想有甚麼方法，可以讓大家有多一點的互動，好嗎？

不同型格的人，從來是有不同需要；你要的安全感，我已經滿滿給你了；但是，我也需要安全感的，就是一份互動，你能夠明白嗎？

讓我們能夠排除萬難，一起繼續走下去，好嗎？願你能夠多回應我，我是很需要你的回應……

●●●

秦觀在《鵲橋仙·纖雲弄巧》說道：「纖雲弄巧，飛星傳恨，銀漢迢迢暗度。金風玉露一相逢，便勝卻人間無數。柔情似水，佳期如夢，忍顧鵲橋歸路。兩情若是久長時，又豈在朝朝暮暮。」

●●●

詞人道著，纖薄雲彩總變化多端，天上流星總傳遞著相思怨恨；戀人能在七夕相會，勝過人世間無數天天相見的伴侶。

然而，我卻不敢苟同，因為真正的相愛，需要許多交流，需要很多磨合；一份欠缺溝通與相知的愛，很難持久維持，更遑論彼此在愛中不斷成長。

如此，我只希望你能明白我的需要，不要再刻意迴避；你定要勇敢去面對愛，去面對一切情感上的困境。

詞人道出相思之苦，彼此短暫的相會只如夢，彼此根本不忍分離。是的，試問世上愛侶別離的日子，怎應比相聚多？如果是如此的話，很難走下去。

詞人又道，只要兩情相悅，又何須朝夕相對？或許，這詞是苦的，當詞人知道無法達成與所愛之人天天見面的願望，惟有這樣自我安慰了！

有哪一份愛，是不祈求天天見到對方？有哪一份愛，是不渴求愛中能有著真正的交往？有哪一份愛，彼此是不希望能被所愛之人，真實地去擁抱？

在愛中，的確，大家需要多一點的彼此忍耐與忍讓；但你也不要讓我一直等待下去，你也不可用言語去傷害我；否則，愛，就會被消磨掉……

從來，你要知道，我是值得被愛的；從來，我是值得更好的……

我願意給你最大的安全感時，願你也能給我最大的信心，好嗎？

Part 5

人生從來是一份選擇

人生從來是一份選擇

曾經香港發生了一宗黑社會人士被槍傷事件；接著他自己駕車，直衝醫院求醫；情節好像拍劇般奇幻⋯⋯

這讓我記起許久以前，我曾做實習記者的第一天⋯⋯

那時被派往一間報館實習；我懷著戰戰兢兢的心情，坐在編輯部採訪主任旁邊。那天採訪主任告訴我：「今天有位黑幫受傷，Adelaide 你幫手去醫院，扮作他女友，然後取些資料回來⋯⋯」

我定睛望著他，很吃驚！又擔心！更覺得難以置信⋯⋯

我說：「我需要換衣服嗎？」其實我意思是，我需要喬裝嗎？難道我真人出發？

採訪主任說：「不用了！你現在的裝束就很好了。」我懷著極膽怯的心情，跟著負責的記者出發去⋯⋯

上了正式採訪車，那資深記者實在好，對我說：「這麼危險的事，你不要去做了⋯⋯」

那我說：「那你怎麼交差呢？」

第一天在報館，就學到很多事了⋯⋯

當年報館做突發新聞，是可以用適當儀器，調較合適頻道，從而聽取警隊某些內部通訊；然後，再配合警察公共關係科的資訊，再加上某些與警方打交道人士的資料，就可以寫成稿子了⋯⋯

回到報館，一位型男走來，將資料交給資深記者；他就是相傳與警方打交道的人⋯⋯

我整天只是跟著他們，甚麼都沒做過；只見證了當年，在報館做突發新聞，收聽警察內部通訊，是在合法與非法之間；總之大家，都不妨礙對方工作就可以了。

從來最美麗的謊言，就是大家都望著對方，都知道大家在說謊，但一切，卻顯得如此相安無事⋯⋯

就這樣，我渡過了第一天的報館實習工作⋯⋯

下班前，聽到採訪主任談電話，他說：「祝你性生活愉快！」我又再次感到很震驚！採訪主任，是讀中文系出身的，我相信，我要重新認識新聞界⋯⋯

一向，我的確很喜歡寫稿，也喜歡投稿；想不到今天，我能夠成為一位作家，與各位讀者分享；今天，我更重獲自由，不用再扮這扮那⋯⋯

生命，從來都是充滿傳奇；或許每一個人，神在他身上，都有著特別的作為和供應，讓你的生命，更顯充實⋯⋯

今天，你的光景又如何呢？

從來記憶的留下，都有著每個人的獨特處⋯⋯

在上星期出版社安排的香港書展簽名會後，遇上另一位作家，她是資深傳媒人盧覓雪；她的作品，濃濃介紹香港味道；當中羅列著不同的香港特色美食，同時勾勒出不同的新聞識見⋯⋯

每年書展，我總又遇上香港商業電台的人⋯⋯

我告訴她，我也曾在商台任職；她說：「原來你是新聞部⋯⋯」或許，她想像不到新聞部的記者，會寫言情小說散文吧！

人生軌跡真的特別，盧小姐親切的笑容，渾厚的嗓子，讓我再重新陷入回憶中⋯⋯

在電台工作，需有厚實的嗓子；我們不賣樣子，只賣聲音；香港廣播道 3 號的足跡，並不容易走⋯⋯

在書展場內，我又見到一些教育工作者和學生們的作品，又再次讓我憶起另一些事⋯⋯

從新聞走向教育，從教育走向寫作，都不是一道容易的路；新聞見證著客觀持平，教育需專注於人學術和心靈的需要⋯⋯

在會場中，我見有化學老師，將化學、信仰與人生結合表述，實在是難能可貴的生命反思；另外也有年輕學生，創作著一部部精彩小說，實在勇氣可嘉，創意非凡⋯⋯

教育工作，正伴隨著我，從宏觀之境地，走入微觀的心靈；不知不覺，人生的日子，就如此走著，有些事，連自己也猜想不到⋯⋯

曾經不同的經歷，讓我的作品有著更多心靈的沉澱；我相信在我生命餘下的日子中，定會走的更好，定會越見光明，因為在我生命中，總有主和愛我的人，與我同在⋯⋯

暮年一別已來生⋯⋯

雖然我暮年未至，但經驗許多憂患以後，我發現，愛我的人，我要去珍惜；想見的人，要趕緊去見；珍視的人，要更多擁在心上；智慧的人，更要多去尋覓⋯⋯

人生，實在太多的未知之數，但神賜人的福，總像秋雨般，注滿大地⋯⋯

有時假期，會見上許多人，碰上許多真心，實在感恩……

今天，因著一些法律問題，我站在冷冰冰的法庭中宣誓，感到四面牆壁，特別冷酷；我感到人與人之間的距離，很遠；唯一讓我感到溫暖的，是手上宣誓用的聖經……

很多時，在一些空間中，我都覺得一陣陣的冷漠……

記得曾經的採訪工作，在不少記者會上，都讓人有靜止窒息的感覺；人與人之間，並沒有很多愛和關心，只有很多公式的說話；我需要很努力的，去分析和聆聽……

後來走入教育領域，我見到的每一個體，都是生命；那裡可以延續愛，可以彼此溝通與交流；這是一份份真誠的人心……

從來沒有人可以篤定自己前路；有些人愛安坐辦公室，有些人在自己工作領域中發揮所長，有些人愛創業，有些人走入專業，有些人特別優於服務別人……

無論如何，生活是自己的；每人都可以尋索著，生命中最華麗的一面，然後在當中，安然自樂，好好生活……

我總相信，工作的快樂源於內在的滿足感，勝於外在的條件與回報。

而我常常看著年輕生命被模造，真感愉快……

是的，為五斗米折腰，常不快樂，能為主作工，真的好得無比！

美國心理學家馬斯洛，將人的行為動機，歸納為五個層次：由低層次到高層次，分別是生理需要（physiological needs），安全感（safety needs），愛與歸屬感（love and belonging），自尊（esteem），最後是自我實現（self-actualization）

在這五個層次中，我發覺我最需要的，是很多很多的愛，因為我相信，惟有愛，才可以給人帶來更多的溫暖與幸福；惟有愛，才可給我更多往前走的力量與勇氣；惟有愛，才能讓我在孤寂中，抓緊生命跳躍的音符與樂章⋯⋯

● ● ●

杜秋娘在《金縷衣》中道：「花開堪折直須折，莫待無花空折枝。」

● ● ●

人生，從來會有很多選擇，而最重要的，是在適當選取以後，要去把握和珍惜所選上的一切，不要讓人生，留下不必要的遺憾，更不要待失去以後，才去追悔。

從來，選擇珍惜，也是一個選擇啊！

錯後再選又如何

人生在選擇的過程中，從來都會有做錯決定的時候，其實，也沒有甚麼大不了，重新再來就可以了⋯⋯

曾經，我喜歡新聞工作，還當上電台記者；那時因為覺得，惟有在新聞工作，才可抓緊社會公義，察現生命中之不足⋯⋯

但在真實工作以後，我卻發現，當中並不是自己起初所想那樣；原來新聞工作，大部分時間，我只是一部錄音機 recorder，將別人的說話，再複述一次。

原來，我亦只是一名記者 reporter，我只能將一切客觀事實，再表達多一次，當中，並不可加上任何個人觀點。

如此，我就陷入工作低潮，我感受到工作中的壓迫感與無力感，我也找不到在工作中的快樂⋯⋯

我發現，我是選錯學科了！我發現，我更是選錯工作了！縱使那時我工作順利，上司也欣賞我，並信任我，常常讓我到境外採訪，並接觸最困難的政治新聞；但在工作上，我就是不快樂……

人生，從來就是一次又一次的選擇；年輕時選擇錯誤，其實真的沒有甚麼大不了；感謝神的帶領，我毅然辭職，並重新尋找滿足自我身心靈的工作；最後，我成為一位不太稱職的老師……

為何說是不太稱職呢？因為修讀科目不合，我要重新再修讀不同課程，才能成為一位專業及合格的教師。

那麼，一邊工作一邊進修，辛苦嗎？這的確是辛苦的，但能滿足自己另一次的心靈需要，又有甚麼值得介意？

生命就是一場不斷的前進，我發現，我還是幸福的，因為，我擁有選擇人生和矯正人生錯誤的機會；如此，我往後的工作與生活，就給自己機會，開拓一道更美的路……

實踐，從來是驗證真理的惟一標準；誰人可以在一開始，就能很明白自己內心的真正需要？

我慶幸我在修讀新聞系的過程中，強化了自己的理性；我又能在修讀文學的過程中，強化了自己的感性；然後在修讀教育的過程中，強化了自己的同理心；如此，往日不同的生命軌跡，就成就了今天的我……

從來沒有昨天的錯誤，又怎會有今天獨特的我？再看，曾經的選擇，又真的是錯嗎？從來人在每一次選擇中，最初都不能知道是對或錯，惟有勇敢走著試著，才能走至最讓自己滿意的終點。

或許當天我不是選錯了，就未能最認識自己，所以其實，我不是選錯，我只是選得不合適罷了！

其實每人心底，總會壓著一點憂困；人生很多路，都要我們作出選擇；我們需要選擇入讀哪些學校，我們需要選擇入讀哪些學科，我們需要選擇怎麼樣的職業，我們需要選擇過怎麼樣的人生，我們還需選擇，最愛是誰……

這一切一切，都是人生的選擇；選擇，有時似乎是一種享受，是一種快樂，因為我能夠去選取，這就是一種自由和幸福；然而有時，人要去作出最正確的選擇，還是困難的，因為有些事，因為有些人，我是不明所以；有些事，有些人，當我選擇錯誤後，就再也回不去……

有些選擇過後，有些結局，是不能逆轉的；有些事，有些情，亦不可以再次重來；有些犯錯，會影響別人，並影響自己一生……

或許今天，我在選擇人生的道路中，會盡力謹慎小心，考慮周詳，讓自己，讓別人，都快樂……

就算有一天，我真的又再次選錯了，沒關係，只要我再次抬頭，仰望晴空，我知道，人生總有選取錯誤之時，我願再次重整人生；當我眼望長空，我就知道，生命總是常存希望……

雖然在我心裡，偶有悲傷，但整體而言，我還是很快樂……

● ● ●

論語《述而》這樣說：「子曰：飯疏食，飲水，曲肱而枕之，樂亦在其中矣。不義而富且貴，於我如浮雲。」

● ● ●

從來君子總不會為自己所吃所穿並所居而不停奔波煩惱，在貧困日子，照樣可以快樂；不義得來的富貴，總不會追。

如此，我人生總有起落，總有錯選之時，但生命中，我只要依靠神，望著悠悠長空，我慶幸，每當我重新再走來，我仍是無悔今生！

從來沒有昨天的錯誤，
又怎會有今天獨特的我？

再看，曾經的選擇，又真的是錯嗎？
從來人在每一次選擇中，
最初都不能知道是對或錯，
惟有勇敢走著試著，
才能走至最讓自己滿意的終點。

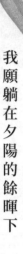

我願躺在夕陽的餘暉下

文學巨著總有其震撼力,《孤星淚》一片,總令人動容;
我覺得不獨是它的音樂動聽,不獨是它的歌聲引人,而是
原著中那種人性的美善,人性對生命執著的追求,人對別
人的絕對諒解,總讓人著迷;而當中最重要的,是神在人
心中,指證人心裡的是非。更值一提的,是法國人的情感
浪漫,絕對是世界一流。

從文學巨著《雙城記》(A Tale of Two Cities)到《孤
星淚》(Les Miserable),人生對愛的追求,都是如此
徹底,無比真實,這都是我一生所追求的……

在歷史中,法國大革命與辛亥革命,都令人歌頌;生命的
長存,就是用愛和犧牲,令他人得著最大的好處,耶穌基
督成了我們最好的榜樣。片中男主角,要不是天主給他原
諒與機會,他根本沒有站立之地。

今天我給了別人，有幾多的機會？現今香港教育，又給頑劣和追不上的人，有幾多機會？

在戲院中，我見感動流淚的不獨是女生，還有男生；是的，見到男主角在悲慘的一生中去世，我也情不自禁地，哭了⋯⋯

人生，就是有不同的命運；人心，就是有不同的情緒；以為愁不好嗎？常常快樂才對嗎？

人生，從來不應掩蓋自己的悲傷，只有抒發和正視愁苦，獲得別人的聆聽和支持，人才有真正的快樂！

另一套影片，華特迪士尼的電影《怪獸大學》（Monsters University），探討人性的驚惶；另一套《玩轉腦朋友》（Inside Out），就在探索人性的悲哀，同樣精彩！

人，如不能面對自己深層的哀愁，從來都不會有真樂，說的好！

當你能用明白憐憫的心態去支持別人，這就是生命的動力；我從來最珍惜，雪中送炭的朋友⋯⋯

我自小，其實總愛不停思考人生；寫詩寫詞，但總未能言喻心底裡的渴望與衷情；

成長後，總帶著許多傷感的心去看事物；別人的情緒，很容易會觸動自己⋯⋯

其實從來沒有人會明白，四號人想要的是甚麼，因為有時，連我自己也不知道答案……

求學階段，我只有一次考上第一，大部分時間都是上堂作夢，放學看書；最不愛努力讀書；我喜愛創業，因為創業很具挑戰性，雖高低起伏，但卻自主非常；我愛自由，不要約束。成敗得失，我輕重無介。

不過最終，神在作工，我只被帶領；我深信，神的意念，高過我的意念……

讀聖經《撒母耳記上》，讀到掃羅如何追殺大衛。當中他的怒氣，他的殘酷；但他其實是無助的，連親兒子也叛離他。其實當人離開神，以一己之力去爭取所謂成功權力，內心其實充滿恐懼！

大衛也好不了很多，被追殺，流離失所，沒飯吃，被迫裝瘋，家人被擄，大聲號哭，其實也是慘不忍睹……

有時我想，他們二人都很可憐。你叫我作王前，要經歷如此浩劫，我真不願意；你叫我為保地位，要不停承受死亡威脅，我更不願意。

其實真實的我，不想生命太複雜。我好像很勇敢，很有戰鬥力，但在深層中，我只想躺在夕陽的餘暉下，靜靜地思考和享受人生……

● ● ●

王羲之在《蘭亭集序》中這樣說：「向之所欣，俯仰之間，以為陳跡，猶不能不以之興懷；況脩短隨化，終期於盡。」

● ● ●

其實曾經感到歡快的事，頃刻之間，就會變為陳跡；人的壽歲長短，我們並不能掌握；所以，人生有的快樂，並不會長久，總存虛幻；所有事物，最終都會改變……

既然在生命中，總有許多無法掌握之事，人終極之日，也是無法改易的話，那是否真的要為人生得失，深感悲傷？人生有幾多事，是真正的不變和快樂？一切事，似乎都是轉瞬即逝；既然如此，人生很多時，還要耿耿於懷嗎？

人生得與失又如何？我只願靜靜躺在夕陽的餘暉下，與心愛的人共度每天，就是快樂，就是人生最好的一個選擇……

我總是軟弱的

上星期，雨很大，滴在天窗，聲浪蓋過歌聲；我將車泊好，望著對面消失了的瑪莎拉蒂，雨水封了玻璃，眼睛也閃上迷糊……

今天，放晴，仰望長空，歲尾，完結，一切劃上句號；彷彿，久違了的鳳凰涅槃，又再出現……

鳳凰不死，如何重生？每七年一循環，二十一年後，應有一份安息……

人生，從來是一份選擇：一是自我陶醉、最後滅亡；一是放下所有，跟從上帝；

一是臨危不亂，自我更新……

感恩我就是不斷抓緊上帝，神深深擁抱了我；沒有事不是本於祂、歸於祂；感謝主！亦感謝我人生中，相知相遇的你！

誰人真心對我，誰人假意敷衍，作為一個四號人，我實在是知道的；患難中的朋友，比歡樂中的共聚更重要⋯⋯

聖經說，要忘記背後，努力面前，向著標竿直跑；然而忘記，有時又談何容易？曾經在心底裡留痕的，要忘記，並不輕易；願神讓我不富足，也不貧窮，能常思念主恩！

是的，我知道，人生路上，沒有必然對我好的人，但找到可交談的，總要放在心上記著。耶穌說，為何只得一個被醫治的痲瘋病人回頭感謝，是的，我估計，他們太高興，忘記回頭了！又或者，忘恩，是人的本性⋯⋯

我回頭，見到耶穌，還見到許多天使。有時，人真的信得過嗎？我也不知道⋯⋯

曾經在南韓，發生了一宗 N 房性虐案，震驚中外；雖然捕獲了主犯，但我想，共有 26 萬人在同步獵奇觀看，其實也是共犯⋯⋯

26 萬，是一個非常龐大的數字；為何在網絡中，可以累積 26 萬人，一起犯罪一段日子，卻一直不被發現，相安無事？我想，人性的軟弱，究竟可以去到那個境界和地步？

是的，其實人性，根本就是軟弱的，只是我們很少去面對罷了！人常常都在人前表現堅強，表現正直；這些好行為，好表現，有幾多是真心？有幾多是偽裝的？

又或是，很多時候，當我們願意去分享軟弱的時候，卻被別人取笑，更指正說：「你要剛強，你要勇敢！」我們又常被指斥說：「你為甚麼懦弱？你為何要去沉淪⋯⋯」

有色眼睛，我見得太多，所以我都害怕了；最後，我都不再願意分享自己的軟弱了！有時在苦苦掙扎中，最後，真的沉淪了⋯⋯

特別在基督教圈子裡，許多時，大家都成了光明的天使；大家要互相砥礪，互相扶持，要有著正確的價值觀，這才是生命中的正確選取之道；少許行差踏錯，都不敢再待在這些正直的群體裡了⋯⋯

難道，人真的沒有軟弱？難道，人真的沒有黑暗面？如果沒有的話，就不會有著一本厚厚的聖經，記錄著人性的罪惡；不過神最終，對我們，還是會作出拯救，以及給予許多的原諒與愛⋯⋯

是的，我總是軟弱的，也常有過犯；我無必要掩飾，也不需要隱瞞；人深藏在心底裡的軟弱，惟有自己會明白⋯⋯

人活在世上，總在尋找不同的空間生存；無論甚麼時候，人都表現著自己外在的剛強；人也總在展示著，自己各項的優點；然後，總以為如此，就已戰勝自己內心的軟弱⋯⋯

很多時候，生命中，總有缺失；有我心中，還有一點寂寞⋯⋯

人活著，總面對很多不足；很多時，我都不夠膽去告訴別人，
自己真正內心所想，因為總不夠膽量在別人面前，裸露自己的
軟弱；但是，在我一些友好面前，我總是坦然無懼，我會讓他
們明白我；因為我知道，當好友見到我的軟弱時，他們就會擁
抱著我……

我知道，我的軟弱，在好友面前，是沒關係的；我的眼淚，在
好友面前，更是寶貴……

●●●

**岑參在《涼州館中與諸判官夜集》這樣說：「一生大笑能幾回，
斗酒相逢須醉倒。」**

●●●

的確，人生在世，能有幾多回可以開懷大笑？如能與友人相逢
中，可以彼此交心，歡飲醉倒，真是快慰！

我感謝在我生命中，常常有著好友陪伴，讓軟弱的我，可以繼
續軟弱，不用假裝堅強；更讓軟弱的我，在被明白，被安慰以
後，可以更勇敢的面對自己，並更愛自己，亦更愛好友；如此
以愛還愛，又是另一種幸福……

活著，就是美好

我不是很富有，也不是很貧窮；疫情下，我的工作減少了，收入亦減少了；不過同時，支出亦減少了⋯⋯

出外吃飯少了，出門旅行更沒有；我發現，清靜的時間多了；我可以更多閱讀，更多思考；疫情下，好像失去，但亦有所得⋯⋯

現今香港，還有不少有需要人士；生命中，神創造大地，食物本應充足，只要我們能夠公平分配，其實不應有困乏的人；聖經裡的五餅二魚，就道出當中所有的微不足道，卻被神所看重；只要將僅有的分出去，就可以滋養很多人⋯⋯

有時候我叫送外賣，餘下零錢，通常不要求找贖；雖然金額很少，但對收著的人，卻是一種快樂；曾經，我也做過外送服務，那時是窮困的暑期工，每次能收著少許貼士，總感到特別雀躍⋯⋯

我在吃飯的餐廳，如他們有關愛飯的話，我也願意多購買一兩盒，讓後來有需要的人，可以享用⋯⋯

有需要的派飯機構，我也付上少許金錢；我也助養一些孩子，每天只是數元；地球上，有貧窮的地區，也有富有的國度；只要每一個有能力的人，都願意協助一個貧窮的孩子，這世上，理應不會再有飢餓的小孩⋯⋯

當然，教人捕魚，比不斷送魚更重要；但當有困難時，也可先送出一兩條小魚⋯⋯

我並不特別富有，我只是盡力做點微事；我相信，心靈的富足和快樂，有時比真正的財富，來得更為重要⋯⋯

最近，我身體不適，心律不正；加上有朋友親人突然離世，留下來的人，總傷心欲絕；我總感到，生命的無常和無奈⋯⋯

我想，人生，可以的話，就好好吃一頓飯，因為明天，不一定有機會再吃；

人生，可以的話，就將最漂亮的衣服取出來穿，因為不知道，還有沒有機會，等到可以穿的那一天；

人生，如果有機會，就去愛你所愛的人，去告訴他你的愛，因為不知道在往後，還有沒有這個機會⋯⋯

《莊子‧知北遊》這樣說：「人生天地之間，若白駒之過隙，忽然而已。」

《是的，人生在世，不過是短短一瞬間，在不曾察覺的時候，一切，就會快速過去；所以，我們盡當珍惜能夠擁有的美好日子，放棄不愛我們的人，也放下執著，活好一生，快樂就好⋯⋯

在秋風中，願我愛著的人，能夠明白我的愛；願生命中，大家都能彼此互助相愛，讓活著，成為一份美好⋯⋯

人生在世，不過是短短一瞬間，
在不曾察覺的時候，
一切，就會快速過去；
所以，我們盡當珍惜能夠擁有的美好日子，
放棄不愛我們的人，
也放下執著，
活好一生，快樂就好……

苦後就有甜

今晚，有朋友邀請我往台南逛夜市吃小食，但我那時有點餓；我說：「我想先吃一個漢堡包⋯⋯」

當他們見我咀嚼美味時，就說：「你現在吃了漢堡包，不就浪費了今晚的美食嗎？今晚，你甚麼都再吃不下了！」

我說：「我這一刻肚子真的很餓，我想尊重自己的感覺，我就是想這刻吃一個漢堡包⋯⋯」

從來人生，就是一次又一次的選擇；當我選擇了這時尊重自己的感覺，那麼下一刻，我就未必能夠尊重自己另一份感覺了。

人生在年輕時，我想，如選擇了自由自在，不認真工作，那麼或許在許多年以後，就未必能達到財務自由，或許，仍然會被艱苦的生活束縛，以至終日營營役役⋯⋯

所以很多時候，人生的選擇，都是一次又一次的衡量與選取，
然後我就知道，當中有得，亦會有失⋯⋯

從來，我會尊重自己的感覺；如果這份尊重，沒有對生命中的
自己或其他人帶來很大影響，我就會繼續重視自己的感覺；但
如果尊重自己這一刻的感覺，會換來對他人的損害，或帶給自
己未來重大損失，這樣，我就不會去做了。

簡單來說，吃一個漢堡包，飽了肚子，下一刻吃不下台南美味
小吃，我覺得，損失是有，但不會很大；然而，如果我今天只
尊重自己想閒懶的感覺，不去努力工作，不持續進修，不作適
當投資，那麼十多二十年以後，我可能仍然是處在一種在職貧
窮；這樣對我來說，並不是一項適切的自我尊重，這或許，也
並不是我在生命起初應有的選擇。

我總相信，人生，要先經歷苦，往後才能擁有甜；人生，有時
還是需要在起初努力付出；當人經歷過一點點的苦，在往後，
總能收穫更多的豐盛；年輕時付出努力，有時，還是必要的
事⋯⋯

當然人生，又不需有太多擔憂，但卻也不可以沒有計畫；從來
神對人的生命，都有所安排，並不是一份任意放縱⋯⋯

如此，我會覺得，在人生應要奮鬥的階段，我還是會選擇好好
努力，我還是會選擇持續進修，以至讓自己，成為有點質素的
人；這樣，我才可在職場發一點光；這樣，我才能為自己未來
安穩的生活鋪路。

適當投資，讓財富增值，還是需要的；我會知道，在生命中，不會全是平順日子；當在並不順暢的日子裡，如果我能一早有所預備，那麼，我才能擁有更多可以尊重自己感覺的日子……

在我人生，已努力很多年了，以至今天，我可以真正選擇尊重自己的感覺，我可以自由選擇不再向前衝，我可以選擇放慢腳步生活，我就是可以選擇，與自己喜愛的人與事共舞……

●●●

黃檗禪師《上堂開示頌》如此說：「不經一番寒徹骨，怎得梅花撲鼻香？」

●●●

是的，我相信，人在年輕時，必須經過一番努力奮鬥，以至在往後日子，才能獲得豐碩成果；我相信，這是人生，不能被否定的定律。

●●●

孔子家語《五儀解》中亦這樣說：「篤行信道，自強不息。」

●●

其實在每人生命中，在年輕時，都應專心和努力，持行恆常道理，並自強不息，以達至生命的豐富；這樣在往後，生活的壓力才能大減，往後人生，才可擁有更多選擇和真正的自由。

苦後才有甜，我想，這是生命中必然的定律；這世上，總沒有免費午餐，更沒有不勞而獲，也沒有一開始就有的生活自由選擇。

● ● ●

聖經《詩篇》128 章 2 節如此說：「你要吃勞碌得來的，你要享福，事情順利。」

● ● ●

我相信，只要今天努力一點，並同步享受當中過程，那往後人生，我就有本錢，作出更多選擇；並且我相信，我定能凡事順利，並收穫美好……

我在閱讀中找到快樂

教育，理應是要讓每一個人，成為不一樣，進而成為獨當一面的人；因為只有在不一致中，才能讓每一個人，可以發掘自己最優秀和獨特的潛藏能力；但可惜，香港的教育制度，總將人一體化，以達致一個相同目標，才算成功；最簡單的指標，就是要公開試成績優秀……

其實這樣，就讓世上，造出很多年青的失敗者……

其實每一個人，只要能夠讓他們發掘自己獨特之處，最終，在追求成績以外，其實可以活得更出色……

只要能夠心存良善，開心做著自己，無論你是優於體育，優於音樂，優於文學，優於創作，優於烹調，優於商業領域，優於發明創造，優於做小生意，成為小老闆；優於投資，只要懂得終生學習，好好思考，其實，也是教育很大的成功……

近年香港經濟下行，特別是前線服務性行業更是雪上加霜；在需要多留家的日子，我想，多閱讀，就可以豐富及慰藉自己⋯⋯

其實閱讀，從來是教育中最重要的一環。芬蘭優質的教育，就是於每天下午，安排學生作大量閱讀⋯⋯

我自小亦喜愛閱讀；小學時學校沒有圖書館，家裡亦沒甚麼金錢購買圖書；每星期家人都帶我到小童群益會的圖書館閱讀，我可以坐上幾小時，讀著兒童書籍和雜誌。

中學時，我也將學校圖書館不太多的中文圖書借閱過，然後香港的公共圖書館，就是我常流連忘返之地。

在閱書過程中，豐富了我的人生，啟導了我的思考，開闊了我的眼界，提升了我的語文能力，讓我畢生受用⋯⋯

所以現在寫作對我來說，是一種享受；因為曾經潛藏著的許多內蘊，曾吸納其他作者不同的精髓與智慧，在寫作中，讓我慢慢回味，加添了我寫作的力量與快樂⋯⋯

在閱讀文學作品中，我體味人生的境界；在閱讀財經書籍中，我學懂理財智慧；

在閱讀生活類型書籍中，我學會打理人生；在閱讀人文科學中，我體味各種關係的重要⋯⋯

每一份涵養，都可以在不同領域的書籍中找到；人有內蘊，就能感恩與快樂；人能多角度思考，就懂得明辨是非；而這些，其實都來自最簡單的閱讀……

閱讀在我生命中，是最值得投放時間去做的事……

今天我的寫作，亦順著自己的性情；因著閱讀的曾經，讓我稍有能力駕馭文字；我在閱讀中找到快樂，也能在閱讀中，實現人生……

我從來相信，人生中的難關，總是會過去；是的，在渡過時，的確很困難；然而，我總找到愉悅自己，又愉悅別人的方法。在書海中，我找到不同的智慧，我找到不同的快樂……

●●●

陶淵明在《飲酒·其五》中這樣說：「結廬在人境，而無車馬喧。問君何能爾？心遠地自偏。採菊東籬下，悠然見南山。山氣日夕佳，飛鳥相與還。此中有真意，欲辨已忘言。」

●●●

詩人居於繁華之地，但卻不被車馬喧鬧之聲煩擾；這份超凡脫俗實屬難得，我相信因其心靈，從來就出眾非凡，一早遠離了塵世。

其實這光景與心態，在現今社會，真是好的嗎？如按現代計算，如果有足夠收入糊口，又何須驚懼心遠自偏，閒時的寧靜安逸？

現實中，有時安舒實在簡單，只要在繁忙工作以後，靜靜讀上一本好書，基本上所費無幾，但當中裨益，卻是不可估量。如此，或許就能平衡生活中的開支與收入。

現代人總愛出遊，總愛高消費娛樂，其實有時，遊於免費山水間，讀著好書，沏一壺美茶，已是心靈之最。

詩人雖住煩囂之中，但仍能採菊東籬以下，並喜見南山之悠然。青山夕陽飛鳥相伴，人生至此，又夫復何求？

是的，人只要心靈能夠遠離凡塵俗世，簡單追求平淡安逸，靜靜地享受並不昂貴的閱讀之樂，其實人生，是很容易得著滿足和快樂；在書海世界中，創意無限，生命的智慧，也更無限……

詩人之作，教曉我何謂安然之樂；今天，難得有互聯網，讓半退隱的我，生活變得更豐富；閒時我可讀書，有感動分享時，我又可與人於網上分享；如此，試問人生，為何會不快樂？

生命沒有必然，卻有幸福

在小學代課，見到一間學校的收生宣傳單張，感慨萬千，久久不能釋懷；是的，我曾經在這學校得到工作，同樣，我也在這裡失去工作……

從失去開始，這數年來，我都沒有再踏足這間讓我難過的學校，這是逃避嗎？是害怕嗎？是記恨嗎？通通都是……

所以我選擇去忘記，然而，不是所有的事，說忘記，就可以忘記；對有些人的行為，不是說一句原諒，就可以原諒；今天仍然憶記很深；傷痛，仍然很濃……

代課，其實是一件很寂寞的事，因為，當你見到旁邊的人在談話時，你只有自己一個；沒有朋友，沒有相知，沒有溝通，亦沒有真正的學生；你只是今天來，明天又會走了……

只為金錢工作，從來，只餘下一個沒有靈魂的軀殼；誰人讓我有今天的光景，我是否都要記著？

在這間學校，遇上畢業了的學生；他告訴我，正因為我曾經的經歷，現在，我才有喜歡的寫作平台，擁有不同的人生……

是的，因為只是代課，我才可以有空間寫作；或許，我不應再感慨萬千，而是每天都在寫作上，在教學上，更多的去感動別人吧！

讓生命充滿愛｜代課篇之一──最「強」中學

今天來到一間，被喻為全港最「強」中學代課；真的，實在是很強的一間學校！早上七時半，偌大籃球場，滿佈高大男生……

我匆匆走過，打算避開他們的發球；他們見我走過，更加雀躍；我見他們每次射籃，均是全中……

戴著口罩的日子，不能以微笑表示欣賞；我定睛望著他們，表示讚美；人，總是喜歡被別人欣賞的；人，從來都能在被讚賞和被肯定中，被模造前進……

小息時，我又見到很多高大男生在飯堂進食，我以為來到男校；我小心翼翼的走過他們身邊，以免有任何麻煩……

他們見我抬著簿，熱切地與我打招呼，並很快前來幫忙……

「Miss，早晨，簿要搬去那裡？」

從來一些負面的外在批評，人習慣了，就信以為真；但一些內在的價值，還是需要透過親身體驗及經歷，才會明白……

上課時，他們問：「你不認識我們嗎？我們這裡的男生，很『出名』啊！」

是嗎？我感受到他們背後的一份自卑，因為沒有很多人，能夠明白他們骨子裡的溫柔……

代課從來是寂寞的，因為我常常都只是自己一個人；但是，這卻讓我能靜下心來，細細地觀察；在很多細碎的片段中，我總見到你的影子，我總能見到一些生命的價值，我還是感到快樂……

讓生命充滿愛 | 代課篇之二——學校咖啡館

話說代課學校，有間不大不小的咖啡館；早上七時多，當值同學，就忙於給同學沖調暖暖的咖啡……

原來這計劃，是為遲到同學，訓練早起，很正面積極的鼓勵啊！同時，又培育同學煮咖啡的興趣，讓他們細細品味生活，亦可提升就業技能……

我見著同學們用心拉花，雖然成品不是最美麗，但在我眼中，卻是最優秀；我說購買一杯，但他們卻免費贈送給我……

在寒冷早上，一杯熱騰騰的鮮奶咖啡，緊握在手，飄蕩出來的香氣，不單讓我精神一振，我更為生命中的熱情，額外感恩！

讓生命充滿愛 | 代課篇之三——Miss，你還有時間嗎？

今日小息，路過校園一角；見到一男生，身體顫動，大汗淋漓，雙手按著心口，感覺，他是很不舒服⋯⋯

我上前問他：「發生甚麼事了？」他說：「沒甚麼，不用理會我⋯⋯」我越看越不對勁，留下觀察著⋯⋯

我問他：「去醫療室，好嗎？」

他說：「我只是沒有吃早餐⋯⋯」

我說：「我幫你買吃的，好嗎？」

他說：「我不想吃⋯⋯」

我見他很辛苦的樣子，就靜靜陪他坐一會；他見我沒有走，就抬頭望著我，對我說：「Miss，你有時間嗎？」

我說：「我還未上堂⋯⋯」

他說：「其實我是心裡不開心，所以不想吃早餐；你有時間，聽聽我的故事嗎？」

我說：「有的⋯⋯」

他就一字一句的訴說著⋯⋯

他的故事很長，他說了一陣子以後，我就打斷他，說：「抱歉，我需要上堂了……」

就這樣，他用一種依依不捨和難過的眼神，望著我……

其實，我並不認識他，但是我知道，他很想將他的故事，告訴別人；不知為何，我心裡，有了一個負擔，我應要聽完他的故事……

下課後，我去課室找他；我問：「你現在好些了嗎？」

他說：「你是誰呢？我好像沒有見過你……」

我說：「我是來代課的……」

跟著他又問：「Miss，你有時間嗎？」

其實那時候，已是下午一時半了，我還沒有吃午飯；但我見著他懇切的眼神，我說：「我有時間的……」

跟著，他就繼續訴說，他餘下的故事……

說著說著，我見他開懷許多；其實他的故事，都只是一些很平凡的經歷：與家人不和，心底的創傷，學業上的不濟，與朋友交惡等……

我聽著聽著，兩時多了；他見我望手錶，便問我：「Miss，你還有時間嗎？」

我真的覺得很餓，另外，我還有簿沒有批改，明天要派發；但我見他渴想的眼神，我還是說：「我還有時間的……」

我見他說著說著，終於，他展露笑容了！他說：「我的故事，說完了……」

我也鬆了一口氣，放下心頭大石。我說：「你現在，想吃東西嗎？」

他說：「我想吃了……」

跟著，我和他去飯堂，一起買了吃的；我目送著他，愉快地走了……

從來人的心情，會影響人的身體機能與健康；其實，人有時候，只想尋找一個，可以聆聽他故事的人吧！

訴說，其實也是一種心靈治療的活動；在訴說過程中，人其實已將自己心裡的想法組織起來；有時候，困在心裡的問題，在訴說中，已經被解決了……

難得他願意信任我，將他的故事都告訴我；或許我對他來說，是一位陌生人，他知道，我對他，沒有存在任何偏見……

回到教員室，我望著面前沒有動過的簿，我知道，今晚，我要回家批改了！但是，這又有甚麼所謂呢？時間，從來是用在值得的事情上……

讓生命充滿愛 | 代課篇之四──真誠與善良

這兩星期，來到一間比較特別的學校代課；同學需要多方面幫忙，他們學習能力稍弱；家庭支援，似乎也比較不足；之前中秋節，我送他們一些小月餅，有同學開心地拿了，然後又來找我說：「老師，我可以不要月餅，換一本筆記簿嗎？」

我看著他，我知道這世上，其實還有很多有需要的人，我說：「月餅你收下吧！我可以再另外送你筆記簿……」我見他開開心心地離開，我心裡也笑了……

在學習路上，他們有著很多困難；有些寫字很慢，很多字，完全不懂寫；這時候，我嘗試將深奧的文字逐一拆解，從部首開始形象化解說，希望他們不失學習興趣……

同行、鼓勵和給予時間，都是重要的；代課沒有太大壓力，凡事都可以慢慢來……

今天突然在課堂上，我被白板的尖角鎅傷了手；有學生立即走過來，緊張地問：「老師，有事沒有？我有膠布……」他隨即在破舊的錢包中，取出一塊膠布給我；跟著課堂上，我紅筆沒有墨；有同學二話不說，將他僅有的一枝紅筆給了我，說：「老師，你先用……」

突然，我在他們身上，見到甚麼叫善良；在學習能力上，他們是匱乏的；但在心靈上，他們卻是豐富的……

人生最寶貴的，不是華麗的包裝；學校的輝煌，也不只建基於
外觀及成績上；很多細細碎碎的步履，小小的心靈之光，卻在
照亮著，這混濁紛亂的世界……

生命中，人懂得追尋和緊握真誠與善良，實在是讓人多麼心甜
的一件事啊！

讓生命充滿愛 | 代課篇之五——將人的優點放大

默書是語文教學之一，通常背默文章，我總會分為三數次，因為對不少學生來說，長長的文章一次去默，是默不到的；而一些學習能力稍遜的學生，我總想用上不同方法，儘量靈活變通，希望他們在默書上，能獲取成功感……

今天在代課學校，有一位男生，我見他默了一堂，只寫了一句……

我對他說：「你有溫習嗎？今天只是背默九句……」

他幽幽的說：「我有溫習，但我只記得第一句……」

跟著我和他說：「那你試試，一句一句的背默吧！你先坐到後面，溫習五分鐘，再來默第二句……」

就這樣，用了一堂時間，他總共默了三句……

我看一看他的默書簿，原來之前每一次，都是零分；今次，我給他寫上了一百分；他很高興，眼睛閃出了一份光彩……

是的，人是需要被鼓勵的；特別當他能力不足，他又已經盡了力的時候，我應該給他一點點成就感……

下一堂他回來說：「老師，我今次可以背默二句……」

我說：「很好呀！」

就這樣，今堂，他坐到課室後面兩次，再回來默，他總共默了六句；連昨天三句，共九句，完成了！他只是比其他同學，多用一堂罷了！

有時候，教育究竟是在篩選人，還是去幫助人呢？在香港課程緊迫，老師常常要向學校繳交成績的狀態下，許多不達標的學生，往往成了犧牲品；他們總是慢慢地，失卻學習的信心……

但我深信，教育，就是要將人的優點放大，並且能讓人，尋回自信；教育，應讓人成為一位，屬於自己最優秀的人……

讓生命充滿愛 | 代課篇之六——劇院蛋糕

今日學校有一應用學習課程，高中同學需在堂上完成法式甜品——劇院蛋糕；課程目的，是讓同學畢業後，有一技之長；大家都努力製作，不掉以輕心……

其中一位男生，身高超過 180cm，我見他彎著腰，努力用上兩小時仔細製作；法式劇院蛋糕，需一層一層的，讓每片蛋糕都搽上咖啡醬、咖哩醬、奶醬、忌廉醬等，然後再淋上朱古力醬；雪凍後，再一次重複工序，最後灑上食用金箔，才叫完成……

我見他們很認真製作，我想，當完成後，他們應會第一時間品嚐；但讓我想不到的，是那高高的男生，完成餅作後，即將餅切成數塊，然後捧著去尋找老師，送他們吃……

我望著他的背影，我見到甚麼叫感恩；懂得與人分享成果，就是快樂；願意將成果第一時間與老師們分嚐，我相信，他也曾經被愛……

我見他回來了，旁邊剩餘了餅碎，他慢慢地吃著；我很震驚，我問：「你為何不留自己一件？」

他吃著說：「我吃餅碎就夠了，餅留給老師……」

雖然我不太認識他，但我見證了，甚麼叫感恩與善良……

世上真正優秀的學生，就是懂得感恩；這世上，除了能力與公開試成績，我相信，善良，也可以陪伴一個人，走得更遠……

讓生命充滿愛 | 代課篇之七──完全的關愛

記得早陣子，有一位學生來教員室交功課給我旁邊的老師；他是一位男老師，他見同學的功課後，就溫柔地對他說：「你又再次隨便做功課了？可否認真做一次給我呢？」

怎知那學生反應很大，還大聲回答：「怎麼隨便做？我已經做得很認真了，你有甚麼不滿意？」

這一下，連老師都不冷靜了！老師厲聲地說：「你給我丟掉你的簿，重新再做給我！你從來都知道我要求是怎樣的，你給我再寫上詳細的步驟……」

同學自知理虧，沒有再說甚麼，就拿著功課簿離開了；當學生走後，我見那老師垂著頭，面容仍然很激動；他闔上眼，動也不動，身體在微微顫抖著……

我望著他，也不敢說上甚麼；有時我想，帶著愛的憤怒，帶著愛的指責，其實心靈，是很疲累的；這是一種，完全的關愛……

那學生隨便交功課，然後老師隨便批改，不還容易嗎？為何要學生，重新再做呢？

教育，從來都需要帶著情感；教育，從來都需要付上愛心；因為教育，就是想教好每一個生命；教育，就是想為每一個生命負責……

很多時候，老師的努力，許多人未必能夠即時明白；老師背後的一些心事，也不是每個人，都能夠即時知道；如果有一天，有人願意激動地指責我的一錯再錯，或許當中，其實是帶著許多關愛……

214

可能我未必能夠即時體會，但往後，相信我能夠明白；生命中，原來還有人，曾經著緊我；生命中，原來還有人，願意珍惜我……

●●●●●●

在數年前，我辭職了；以為教育生涯，從此就劃上句號……

人生，一種職業的完結，人從來不知道，應要往哪個方向繼續走去……

今天，我擁有一個屬於我的寫作平台，也擁有一班喜歡自己的讀者；從來沒有想過，人生可以有另一個夢；人生，我可以值得更好……

生命沒有必然，卻有幸福，特別當我總不放棄；特別當我處困境時，我懂得尋求別人的幫助；特別當我，懂得凡事感恩，不忘記曾經待我好的人；特別當我，多選擇被大自然洗滌，多望向晨光……

●●●

聖經《詩篇》30 篇 5 節這樣說：「祂的恩典乃是一生之久，一宿雖然有哭泣，早晨便必歡呼。」

●●●

縱使沒有歲月靜好　還是相信我們值得更好 |　215

我只愛，愛我的人

很久沒有在 9 月 1 日開學日代課；今天，一個很特別的經歷，帶領著一班學生向前走；他們需要班主任，其實，我也需要他們，因為他們的出現，給了我一種被需要的感覺⋯⋯

我一來到，學生們已告訴我這，告訴我那；我見他們雀躍的樣子，我也投以欣賞的目光；其實，這是一份彼此的被需要⋯⋯

這讓我想起近來香港一部很動人，很有意思的電影《阿媽有咗第二個》；阿媽不是有了第二個男人，而是有了第二個「仔」；原本的獨生子，充滿了嫉妒⋯⋯

或許在電影中，男主角方晴，出生於一個帶著傷痛的家庭，讓他總不能開心地生活；他將自己曾經想當歌手的夢想，都壓了下去；他為的，只是生存，只是生活⋯⋯

一個不相識的人，突然走進了他的生命，願意毫無條件地幫助他，成為他的經理人；這是一種完全的被重視，是如此的讓人陶醉；其實女主角，或許同樣也渴望一種被肯定，被重視，以及也是在被需要……

我想著，最後男主角紅起來以後，他給經理人一份最深的回報與陪伴，因為他同樣明白，甚麼叫作被需要……

整套電影還繞著一份無條件的付出，無條件的愛；大家總為對方的好處著想，看重對方的價值，看重對方的一切；如此最後，大家都收穫了豐富，收穫了原諒、饒恕與幸福……

雖然人生，從來就有遺憾，但在失落的生命中，能夠找到一份互相扶持，不就是一份最美麗的愛嗎？

感激能夠看到如此一套動人的電影，讓我思考良多；一份互相被需要，就是一份愛了；這份愛，埋於心底，歷久常新，總不會被彼此忘記……

我很少一套電影看兩次，但今套電影，當中太多細節及伏線；第一次看錯過很多，第二次才看清楚；第一次看我已很感動，第二次就更不斷流淚……

或許女主角對方晴的付出，如她所述，是一份不能解釋的愛，源於一場緣份；而男主角，最終亦願意作最大回饋，因他曾失去，現在卻收穫名利，還有愛與親情……

原來每一種生命的遺憾，都能夠變為祝福……

從來沒有想過，如此簡單的素材，卻能深深講述人與人之間一份無私及不計較的愛……

現今世代，人常找愛自己的人，其實，為何定要別人先愛我，難道我不可先付出愛嗎？

任何事都是等價交換，當然聰明的，見對方無動於衷，就無謂糾纏下去。不過，世上卻有一人，就是我縱如何不濟，還是如此愛我！在教會擘餅聚會中，我感受到我空空從母腹來，其實也會一無所有的而去；最終與我一起的，只有永恆的主……

而我發現，在世間，我曾經歷過，曾擁有過，而最值得懷念的，惟獨是細水長流的感情……

高大空的愛，遠不及一點近距離，貼身的愛；真實的愛，就是面對面的愛；是的，我只愛，愛我的人；我只愛，珍視我的人；我只愛，關心我的人！

愛一個人很美，愛一個不愛我的人很浪漫；尋找一種感覺看似幸福，但當時間流逝，我會發現，我會錯失許多一直愛我及珍惜我的人，包括我的父母、親人、朋友……

要愛，我會去愛，愛我的人，他一定會出現，或者，只是遲些出現；或者，他出現了，我卻沒有珍惜……

其實甚麼是愛呢？當我再深深思考這問題時，我發現，愛其實就是一份堅持。愛情很偉大嗎？當中其實是柴米油鹽爭吵的混合景象；我可愛嗎？神就是如此為我死於十架上……

有時我想，我真的很愛你嗎？其實有時，並不是太愛，但愛，就是一種堅持；

當我說不太愛你時，但我仍然堅持著愛你，其實，這就是愛了……

●●●

柳永在《蝶戀花 · 佇倚危樓風細細》中這樣說：「衣帶漸寬終不悔，爲伊消得人憔悴。」

●●●

愛，有時候就是一種終不悔，就是一份執著；同時，也是一份樂意與甘心……

不過，愛，於我，還是一份等價交換；愛我的人，我會更多愛他；不愛我的，最終，我會把他忘記；縱使曾經，我曾對他，深深投入了愛……

人生時間不多，我願人生懂得選擇，不浪費生命，更多去享受大自然的精彩；從來，神賜與我一切美好，我值得擁有一切，我值得擁有最好……

愛著最真實的自己

—

生命中很多時，總會遇上許多艱難，我實在是太明白了；
人生，總想去尋覓理想，但現實攔阻，總有千百個理由，
讓我停下來……

我會不夠金錢使用，我會沒有未來保障，我最後會甚麼都
沒有；這一切一切，都真的需要作出衡量和抉擇……

我自己也曾失落於現實，以至憂心忡忡；同時，也不能實
現內在的自己，總常常有著傷感；在生活中，我總沒有見
到方向……

人在內心深處，總潛藏著一些夢想，想去追尋……

有人想在大自然中尋獲自我；

有人想在不同藝術領域中，發現自己；

有人想在烹調中，找回一份閒適與安逸；

有人想去幫助別人，達至真正分享的快樂；

有人想周遊列國，尋覓失落了的情懷……

而我，就想在文字中，發現自己，發現愛……

生命中，從來沒有一個人，是沒有獨特的自己；這個真實的自己，總潛藏於內心，如影隨形般，與我們走在一起……

如果你能夠平衡生活，又能夠尋找自己的話，我相信，這是人生中，最大的幸福……

今天，你除了尋找生活所需以外，你有沒有尋回自己？你有沒有尋回一個，失落已久的自己？

其實快樂就是，在現實生活以外，也有屬於自己的空間，愛著最真實的自己，並與自己同行……

悠悠天地，生命的存在，就是快樂……

在這世間，神也看到我了！祂一切都看到了！包括我所有的軟弱與跌倒……

惟獨祂願意扶持我，沒有因為我微小而看不見；惟獨祂願意愛我，沒有因為我卑微而掩面不看……

這世上，人都以人的外在價值作選取；而惟獨我主愛我，只因為，我是我……感謝主！

序一

前不見古人，後不見來者。念天地之悠悠，獨倉然而涕下。
——**陳子昂《登幽州台歌》**

序二

怒髮衝冠，憑欄處、瀟瀟雨歇。擡望眼，仰天長嘯，壯懷激烈。三十功名塵與土，八千里路雲和月。莫等閒、白了少年頭，空悲切。

靖康恥，猶未雪。臣子恨，何時滅！駕長車，踏破賀蘭山缺。壯志飢餐胡虜肉，笑談渴飲匈奴血。待從頭、收拾舊山河，朝天闕。
——**岳飛《滿江紅·寫懷》**

Part 1 ｜得失中思量

憶起

三月七日，沙湖道中遇雨。雨具先去，同行皆狼狽，餘獨不覺，已而遂晴，故作此。

莫聽穿林打葉聲，何妨吟嘯且徐行。竹杖芒鞋輕勝馬，誰怕？一蓑煙雨任平生。

料峭春風吹酒醒，微冷，山頭斜照卻相迎。回首向來蕭瑟處，歸去，也無風雨也無晴。——**蘇軾《定風波·三月七日》**

面具

花間一壺酒，獨酌無相親。舉杯邀明月，對影成三人。
月既不解飲，影徒隨我身。暫伴月將影，行樂須及春。
我歌月徘徊，我舞影零亂。醒時同交歡，醉後各分散。
永結無情遊，相期邈雲漢。——**李白《月下獨酌》**

念緒

明月幾時有？把酒問青天。不知天上宮闕，今夕是何年？
我欲乘風歸去，又恐瓊樓玉宇，高處不勝寒。
起舞弄清影，何似在人間？
轉朱閣，低綺戶，照無眠。不應有恨，何事長向別時圓？
人有悲歡離合，月有陰晴圓缺，此事古難全。
但願人長久，千里共嬋娟。——**蘇軾《水調歌頭》**

忘記不快

終日昏昏醉夢間，忽聞春盡強登山。
因過竹院逢僧話，偷得浮生半日閒。
——**李涉《題鶴林寺僧舍》**

花落迷離

元豐六年十月十二日夜，解衣欲睡，月色入戶，欣然起行。
念無與為樂者，遂至承天寺尋張懷民。懷民亦未寢，相與步於中庭。
庭下如積水空明，水中藻、荇交橫，蓋竹柏影也。
何夜無月？何處無竹柏？但少閒人如吾兩人者耳。
——**蘇軾《記承天寺夜遊》**

道愛，道謝

簾外雨潺潺，春意闌珊。羅衾不耐五更寒。
夢裏不知身是客，一晌貪歡。

獨自莫憑欄，無限江山，別時容易見時難。
流水落花春去也，天上人間。
——李煜《浪淘沙令·簾外雨潺潺》

尊重自己心靈

喜樂的心乃是良藥，憂傷的靈使骨枯乾。
——聖經《箴言》17 章 22 節

放手就有所得

孟子曰：「舜發於畎畝之中，傅說舉於版築之間，膠鬲舉於魚鹽之中，管夷吾舉於士，孫叔敖舉於海，百里奚舉於市。故天將降大任於斯人也，必先苦其心志，勞其筋骨，餓其體膚，空乏其身，行拂亂其所為，所以動心忍性，曾益其所不能。人恒過，然後能改；困於心，衡於慮，而後作；徵於色，發於聲，而後喻。入則無法家拂士，出則無敵國外患者，國恒亡。然後知生於憂患而死於安樂也。」
——孟子《告子下》

離開

嗟夫！予嘗求古仁人之心，或異二者之為，何哉？不以物喜，不以己悲；居廟堂之高則憂其民；處江湖之遠則憂其君。

是進亦憂，退亦憂。然則何時而樂耶？

其必曰「先天下之憂而憂，後天下之樂而樂」乎？
噫！微斯人，吾誰與歸？**——范仲淹《岳陽樓記》節錄**

若失若忘

向晚意不適，驅車登古原。夕陽無限好，只是近黃昏。
——李商隱《登樂遊原》

Part 2 ｜冰山下的情緒

壞不下心去

對酒當歌，人生幾何？譬如朝露，去日苦多。
慨當以慷，憂思難忘。何以解憂，唯有杜康。
青青子衿，悠悠我心。但為君故，沉吟至今。
呦呦鹿鳴，食野之苹。我有嘉賓，鼓瑟吹笙。
明明如月，何時可掇。憂從中來，不可斷絕。
越陌度阡，枉用相存。契闊談讌，心念舊恩。
月明星稀，烏鵲南飛。繞樹三匝，何枝可依？
山不厭高，海不厭深。周公吐哺，天下歸心。
——曹操《短歌行》

抓緊生命的幸福

耶穌又對眾人說：我是世界的光，跟從我的，就不在黑暗裡走，必要
得著生命的光。
——聖經《約翰福音》8 章 12 節

潛藏的愛

去年今日此門中，人面桃花相映紅。
人面不知何處去？桃花依舊笑春風。
——崔護《題都城南莊》

畫中默想

獨坐幽篁里，彈琴復長嘯。深林人不知，明月來相照。
——王維《竹里館》

創傷是有後遺症的

君不見黃河之水天上來，奔流到海不復回。
君不見高堂明鏡悲白髮，朝如青絲暮成雪。
人生得意須盡歡，莫使金樽空對月。
天生我材必有用，千金散盡還復來。
烹羊宰牛且爲樂，會須一飲三百杯。
岑夫子，丹丘生。將進酒，杯莫停。
與君歌一曲，請君爲我傾耳聽。
鐘鼓饌玉不足貴，但願長醉不願醒。
古來聖賢皆寂寞，惟有飲者留其名。
陳王昔時宴平樂，斗酒十千恣歡謔。
主人何為言少錢？徑須沽取對君酌。
五花馬，千金裘。呼兒將出換美酒，與爾同銷萬古愁。
——**李白《將進酒》**

原諒與放下

雖然無花果樹不發旺，葡萄樹不結果，橄欖樹也不效力，田地不出糧
食，圈中絕了羊，棚內也沒有牛；然而，我要因耶和華歡欣，因救我
的上帝喜樂。——**聖經《哈巴谷書》3 章 17-18 節**

人生相聚總是難得

春江潮水連海平，海上明月共潮生。
灩灩隨波千萬里，何處春江無月明？
江流宛轉遶芳甸，月照花林皆似霰。
空裏流霜不覺飛，汀上白沙看不見。
江天一色無纖塵，皎皎空中孤月輪。
江畔何人初見月，江月何年初照人？

人生代代無窮已，江月年年祇相似。
不知江月待何人？但見長江送流水。
白雲一片去悠悠，青楓浦上不勝愁。
誰家今夜扁舟子，何處相思明月樓？
可憐樓上月徘徊，應照離人妝鏡臺。
玉戶簾中卷不去，擣衣砧上拂還來。
此時相望不相聞，願逐月華流照君。
鴻雁長飛光不度，魚龍潛躍水成文。
昨夜閒潭夢落花，可憐春半不還家。
江水流春去欲盡，江潭落月復西斜。
斜月沉沉藏海霧，碣石瀟湘無限路。
不知乘月幾人歸，落月搖情滿江樹。
——**張若虛《春江花月夜》**

你懂得我的難過

若一個肢體受苦，所有的肢體就一同受苦；若一個肢體得榮耀，所有的肢體就一同快樂。——**聖經《哥林多前書》12 章 26 節**

感受幸福

滾滾長江東逝水，浪花淘盡英雄。是非成敗轉頭空。青山依舊在，幾度夕陽紅。白髮漁樵江渚上，慣看秋月春風。一壺濁酒喜相逢。古今多少事，都付笑談中。——**楊慎《臨江仙》**

請接納我的情緒

我親愛的弟兄們,這是你們所知道的,但你們各人要快快的聽,慢慢的說,慢慢的動怒。——**聖經《雅各書》1 章 19 節**

生氣卻不要犯罪,不可含怒到日落,也不可給魔鬼留地步。
——**聖經《以弗所書》4 章 26-27 節**

Part 3 │ 等閒的心影與追尋

淡然

人閒桂花落，夜靜春山空。月出驚山鳥，時鳴春澗中。
——**王維《鳥鳴澗》**

低物慾生活

琴棋書畫詩酒花，當年件件不離它；
而今七事都變更，柴米油鹽醬醋茶。
——**張璨《手書單幅》**

人間天堂

凡曝沙之鳥，呷浪之鱗，悠然自得，毛羽鱗鬣之間皆有喜氣。
始知郊田之外未始無春，而城居者未之知也。
——**袁宏道《滿井遊記》**

世上最溫柔的禮待

好雨知時節，當春乃發生。隨風潛入夜，潤物細無聲。
野徑雲俱黑，江船火獨明。曉看紅溼處，花重錦官城。
——**杜甫《春夜喜雨》**

藍花楹

惟江上之清風，與山間之明月，耳得之而為聲，目遇之而成色。
取之無禁，用之不竭。是造物者之無盡藏也，而吾與子之所共適。
——**蘇軾《前赤壁賦》**

港式美味

何處花香入夜清？石林茅屋隔溪聲。
幽人月出每孤往，棲鳥山空時一鳴。
草露不辭芒屨濕，松風偏與葛衣輕。
臨流欲寫猗蘭意，江北江南無限情。
——**王守仁《龍潭夜坐》**

一天的難處，一天當就夠了

你們看，天上的飛鳥不種也不收，神都養活牠們，何況你們這麼寶貴
呢？——**聖經《馬太福音》6 章 26 節**

不要為明天憂慮，因為明天自有明天的憂慮；一天的難處，一天當就
夠了。——**聖經《馬太福音》6 章 34 節**

高低交錯

青天有月來幾時？我今停杯一問之。
人攀明月不可得，月行卻與人相隨。
皎如飛鏡臨丹闕，綠煙滅盡清輝發。
但見宵從海上來，寧知曉向雲間沒。
白兔搗藥秋復春，嫦娥孤棲與誰鄰？
今人不見古時月，今月曾經照古人。
古人今人若流水，共看明月皆如此。
唯願當歌對酒時，月光長照金樽裏。
——**李白《把酒問月》**

等閒的心

你們要靠主常常喜樂。我再說，你們要喜樂。
——**聖經《腓立比書》4 章 4 節**

青青陵上柏，磊磊澗中石。
人生天地間，忽如遠行客。
斗酒相娛樂，聊厚不為薄。
驅車策駑馬，遊戲宛與洛。
洛中何鬱郁，冠帶自相索。
長衢羅夾巷，王侯多第宅。
兩宮遙相望，雙闕百餘尺。
極宴娛心意，戚戚何所迫？
——**古詩十九首《青青陵上拍》**

應當一無掛慮

春有百花秋有月，夏有涼風冬有雪，
若無閒事掛心頭，便是人間好時節。
——**無門慧開禪師 《無門關》**

Part 4 ｜要放下了，因為，我值得更好

將等待留給愛我的人

少年聽雨歌樓上。紅燭昏羅帳。壯年聽雨客舟中。
江闊雲低、斷雁叫西風。
而今聽雨僧廬下。鬢已星星也。悲歡離合總無情。
一任階前、點滴到天明。——**蔣捷《虞美人‧聽雨》**

激情 親密 承諾

山抹微雲，天連衰草，畫角聲斷譙門。暫停徵棹，聊共引離尊。多少
蓬萊舊事，空回首、煙靄紛紛。斜陽外，寒鴉萬點，流水繞孤村。
銷魂。當此際，香囊暗解，羅帶輕分。謾贏得、青樓薄倖名存。此去
何時見也，襟袖上、空惹啼痕。傷情處，高城望斷，燈火已黃昏。
——**秦觀《滿庭芳‧山抹微雲》**

要忘記移情別戀的前任

花褪殘紅青杏小。燕子飛時，綠水人家繞。枝上柳綿吹又少。天涯何
處無芳草。
牆裏鞦韆牆外道。牆外行人，牆裏佳人笑。笑漸不聞聲漸悄。多情卻
被無情惱。——**蘇軾《蝶戀花‧春景》**

真心

我住長江頭，君住長江尾。日日思君不見君，共飲長江水。此水幾時
休，此恨何時已。只願君心似我心，定不負相思意。
——**李之儀《卜算子‧我住長江頭》**

處異地之戀

把酒祝東風。且共從容。垂楊紫陌洛城東。
總是當時攜手處，遊遍芳叢。
聚散苦匆匆。此恨無窮。今年花勝去年紅。
可惜明年花更好，知與誰同。
——歐陽修《浪淘沙·把酒祝東風》

不要隨便說愛我

檻菊愁煙蘭泣露。羅幕輕寒，燕子雙飛去。明月不諳離恨苦。斜光到
曉穿朱戶。昨夜西風凋碧樹。獨上高樓，望盡天涯路。欲寄彩箋兼尺
素。山長水闊知何處。**——晏殊《蝶戀花·檻菊愁烟蘭泣露》**

記憶真空期

對瀟瀟暮雨灑江天，一番洗清秋。漸霜風悽緊，關河冷落，殘照當樓。
是處紅衰翠減，苒苒物華休。唯有長江水，無語東流。

不忍登高臨遠，望故鄉渺邈，歸思難收。嘆年來蹤跡，何事苦淹留？
想佳人，妝樓顒望，誤幾回、天際識歸舟。爭知我，倚欄杆處，正恁
凝愁！**——柳永《八聲甘州·對瀟瀟暮雨灑江天》**

人生的美好是要先離開並不美好的人

時光只解催人老，不信多情，長恨離亭，淚滴春衫酒易醒。
梧桐昨夜西風急，淡月朧明，好夢頻驚，何處高樓雁一聲？
——晏殊《採桑子·時光只解催人老》

我還是會再次被愛

彩袖殷勤捧玉鍾。當年拚卻醉顏紅。
舞低楊柳樓心月，歌盡桃花扇底風。

從別後，憶相逢。幾回魂夢與君同。
今宵剩把銀釭照，猶恐相逢是夢中
——晏幾道《鷓鴣天·彩袖殷勤捧玉鍾》

人生自是有情癡

浩蕩離愁白日斜，吟鞭東指即天涯。
落紅不是無情物，化作春泥更護花。
——龔自珍的《己亥雜詩·其五》

尊前擬把歸期說。未語春容先慘咽。
人生自是有情癡，此恨不關風與月。

離歌且莫翻新闋。一曲能教腸寸結。
直須看盡洛城花，始共春風容易別。

——歐陽修《玉樓春·尊前擬把歸期說》

你不要假扮愛我

鬱孤臺下清江水，中間多少行人淚？西北望長安，可憐無數山。
青山遮不住，畢竟東流去。江晚正愁餘，山深聞鷓鴣。
——辛棄疾《菩薩蠻·書江西造口壁》

關於分手

風住塵香花已盡，日晚倦梳頭。物是人非事事休，欲語淚先流。
聞說雙溪春尚好，也擬泛輕舟。只恐雙溪舴艋舟，載不動許多愁。
——李清照的《武陵春·春晚》

迴避依戀型人格

纖雲弄巧，飛星傳恨，銀漢迢迢暗度。金風玉露一相逢，便勝卻人間
無數。
柔情似水，佳期如夢，忍顧鵲橋歸路。兩情若是久長時，又豈在朝朝
暮暮。
——秦觀《鵲橋仙·纖雲弄巧》

Part 5 ｜ 人生從來是一份選擇

人生從來是一份選擇

勸君莫惜金縷衣，勸君惜取少年時。
花開堪折直須折，莫待無花空折枝。
——**杜秋娘《金縷衣》**

錯後再選又如何

子曰：飯疏食，飲水，曲肱而枕之，樂亦在其中矣。
不義而富且貴，於我如浮雲。
——**論語《述而》**

我願躺在夕陽的餘暉下

向之所欣，俯仰之間，以為陳跡，猶不能不以之興懷；況脩短隨化，
終期於盡。古人云：「死生亦大矣。」豈不痛哉！
——**王羲之《蘭亭集序》**

我總是軟弱的

彎彎月出掛城頭，城頭月出照涼州。
涼州七裏十萬家，胡人半解彈琵琶。
琵琶一曲腸堪斷，風蕭蕭兮夜漫漫。
河西幕中多故人，故人別來三五春。
花門樓前見秋草，豈能貧賤相看老。
一生大笑能幾回，斗酒相逢須醉倒。
——**岑參《涼州館中與諸判官夜集》**

活著，就是美好

人生天地之間，若白駒之過郤，忽然而已。
注然勃然，莫不出焉；油然漻然，莫不入焉。
已化而生，又化而死，生物哀之，人類悲之。
──《莊子‧知北遊》

苦後就有甜

不經一番寒徹骨，怎得梅花撲鼻香？
──黃檗禪師《上堂開示頌》

公曰：「何謂君子？」孔子曰：「所謂君子者，言必忠信，而心不怨；
仁義在身，而色無伐；思慮通明，而辭不專；篤行信道，自強不息，
油然若將可越，而終不可及者，君子也。」
──孔子家語《五儀解》

你要吃勞碌得來的，你要享福，事情順利。
──聖經《詩篇》128 章 2 節

我在閱讀中找到快樂

結廬在人境，而無車馬喧。問君何能爾？心遠地自偏。
採菊東籬下，悠然見南山。山氣日夕佳，飛鳥相與還。
此中有真意，欲辨已忘言。──陶淵明《飲酒‧其五》

生命沒有必然，卻有幸福

祂的怒氣不過是轉眼之間，祂的恩典乃是一生之久。一宿雖然有哭泣，
早晨便必歡呼。──聖經《詩篇》30 篇 5 節

我只愛，愛我的人

佇倚危樓風細細。望極春愁，黯黯生天際。草色煙光殘照裏。無言誰
會憑闌意。

擬把疏狂圖一醉。對酒當歌，強樂還無味。衣帶漸寬終不悔。爲伊消
得人憔悴。——**柳永《蝶戀花 · 佇倚危樓風細細》**

國家圖書館出版品預行編目（CIP）資料

縱使沒有歲月靜好 還是相信我們值得更好/Adelaide作. -- 初版.

台北市：香港商亮光文化有限公司台灣分公司，2023.05

面；公分 --

ISBN 978-626-96934-3-6 （平裝）

855   112006771

縱使沒有歲月靜好 還是相信我們值得更好

作者	Adelaide
出版	香港商亮光文化有限公司 台灣分公司
	Enlighten & Fish Ltd Taiwan Branch (HK)
主編	林慶儀

設計 / 製作	亮光文創有限公司
地址	台北市大安區敦化南路一段170號2樓
電話	（886）85228773
傳真	（886）85228771
電郵	info@enlightenfish.com.tw
網址	signer.com.hk
Facebook	www.facebook.com/TWenlightenfish

出版日期	二〇二三年五月初版

ISBN	978-626-96934-3-6
定價	NT$380 / HKD$118